# 會唱歌的牆

hui
chang ge
de
qiang

莫言

目次

# 會唱歌的牆

高密東北鄉東南邊隅那個小村，是我出生的地方。村裡幾十戶人家，幾十棟土牆草頂的房屋稀疏地擺布在蛟河的懷抱裡。村莊雖小，村子中央卻有一條寬闊的黃沙大道，道路兩邊雜亂無章地生長著槐、柳、柏、萩，還有幾棵每到深秋便滿樹金葉、無人叫出名字的樹。路邊的樹有的是參天古木，有的卻細如麻稈，宛若剛栽下的樹苗。但據我所知，幾十年間誰也沒在這黃沙大道兩側栽過樹。

沿著奇樹鑲邊的黃沙大道東行三里路，便出了村。向東南方向似乎是無限地延伸著的原野撲面而來。景觀的突變使人往往精神一振。黃沙的大道已留在身後，腳下的道路變成了黑色的土路，狹窄，彎曲，爬向東南，望不到盡頭。人至此總是禁不住回頭。回頭時你看到村中央的完全中國化的天主教堂上那高高的十字架上蹲著的烏鴉變成了一個小黑點，融在夕陽的餘暉裡或是清晨的乳白色炊煙裡。也許你回頭時正巧是鐘聲蒼涼，從鐘樓上溢出，感動著你的心。黃沙大道上樹影婆娑，如果是秋天，也許能見到落葉的奇觀：沒有一絲風，無數金黃的葉片紛紛落地，葉片相撞，索索有聲，在街上穿行的雞犬，彷彿怕被打破頭顱般倉皇。

如果是夏天站在這兒，無法不沿著黑土的彎路向東南行走。黑土在夏天總是黏滯的，你脫了鞋赤腳前行感覺會很美妙。踩著顫顫悠悠的路面，腳下的紋會清晰地印在路面上。但你不必擔心陷下去。如果挖一塊這樣的黑泥，用力一攥，你便明白，這泥土是何等的珍貴。我每次捏這泥土，就如同捏著商店裡以很高的價錢出售的那種供兒童捏小雞小狗的橡皮泥。它彷彿是用豆油調和揉了九十九遍的麵。祖先們早就利用了這黑泥，用木榔頭敲打幾十遍，用它燒製陶器，用它燒製磚瓦，都在出窯時呈現釉一樣的光亮，敲之如磬，清脆悅耳。

繼續往前走，假如是春天，草甸子裡綠草如氈。星星點點、五顏六色的小花朵，如同這氈上的美麗圖案。空中鳥聲婉轉，天藍得令人頭暈目眩。文背紅胸的那種貌似鶺鴒的鳥兒在路上蹣跚行走，有時身後還跟隨著幾隻剛出殼的雛鳥。還不時有草黃色的野兔一聳一聳地從你面前顛過去，追牠幾步，是一種遊戲，要想逮住牠卻屬妄想。門老頭養的那條莽撞的瞎狗能追上野兔，那要在冬天的荒野上，最好是白雪漫漫遮住荒野，野兔無法疾跑的時候。

前邊是一個池塘，所謂池塘，實際上就是原野上的窪地，至於如何成了窪地，窪地裡的土到什麼地方去了，沒人考究過。草甸子裡有無數的池塘，有大有小。夏天時，池塘裡蓄著微微發黃的水。這些池塘不論大小，都奇怪地以極圓的形狀存在著，令人猜想不透，猜想不透的結果便是浮想聯翩。前年夏天我帶一位朋友來看這些池塘：剛下過一場急雨，草葉上的水珠把我們的下半身濡溼了。池水有些渾濁，水底一串串的氣泡冒到水面上破裂，水裡漾出一股腥甜的味道。有的池塘裡生著厚厚的浮萍，看不到水面；有的池塘裡只在中央貼水展開幾片油亮的肥葉，挑起一枝兩枝的睡蓮，帶著十分人工的痕跡，但絕對不是人工。朦朧的月夜裡站在池邊，望著那閃爍光彩的玉雕般的花朵，象徵、暗示便產生了。四周寂靜，月光如水，蟲聲唧唧，格外深刻。使人想起日本的俳句：「蟬聲滲透到岩石中。」聲音是一種力呢還是一種物質？它能「滲透」在磁帶裡、唱盤裡，也必定能「滲透」在岩石中了。原野上的聲音滲透在我的腦海裡，時時會響起來。我站在池塘邊傾聽著唧唧蟲鳴，美人的頭髮閃爍著溫暖的光澤，身上散發出一股蜂蜜的味道。突然，一陣溼漉漉的蛙鳴從不遠處的另一個池塘裡傳來，月亮的光彩紛紛揚揚，青蛙的氣味涼森森地沾在我們皮膚上。彷彿高密東北鄉的青蛙都集中到這個約有半畝大的池塘裡了，看不到一點點水面，只能看到層層疊疊地在月亮中蠕動鳴叫的青蛙和青蛙們腮邊那些白色的氣泡。月亮和青蛙混在一起，聲音原本就是一體——自然是人的自然，人是自然的一部分。人在天安門集會，青蛙在池塘裡舉行集體婚禮。

還是回到路上來吧。那條黃沙的大道早被我們留在身後了，這條黑膠泥的小道旁生了若干的枝杈，一條條的小徑像無數條盲目爬動的大蛇留下的痕跡，複雜地臥在原野上。你沒必要去選擇，因為每一條小路都與別的小路相連，因為每一條小路都通向風景。池塘是風景。青蛙的池塘。蛇的池塘。螃蟹的池塘。翠鳥的池塘。浮萍的池塘。睡蓮的池塘。蘆葦的池塘。水荇的池塘。冒泡的池塘。不冒泡的池塘。沒有傳說的池塘。有傳說的池塘。

傳說明朝嘉靖年間，有一個給財主家放牛的小孩兒，正在池塘邊的茂草中蹲著幹點什麼事兒。他聽到有兩個人的說話聲在池塘邊響起。談話的大意是：這是一穴風水寶地，夜半三更池塘中會湧上來一朵奇大的白蓮花苞，如趁這花苞開放時，把祖先的骨灰罐子投進去，注定了後代兒孫要高中狀元。放牛娃很靈，知道這是兩個會看風水的南方蠻子，心裡便揣摸開來：我如果有個狀元兒子，不也是一件美事嗎？儘管我現在沒有老婆，但總會有的，放牛娃回去把父母的屍骨起出來，燒成灰，裝進一只罐子裡，選一個月明之夜，蹲在池邊茂草中，等待著。夜半三更時，果然有一個比牛頭還大的潔白的荷花苞兒從池塘正中冒出來，緊接著便緩緩地開放，那些巨大的花瓣兒在月光照耀下像什麼由你自己去想像，花兒全開放時，總有碾盤那麼大，香氣濃郁，把池塘邊上的野草都熏蔫了。放牛娃頭暈腳軟地站起來，雙手捧著骨灰罐子，投向那花心，自然是正中了，香氣立即收斂，那花瓣兒漸漸收攏，縮成初始的樣子然後又沉下水去。放牛娃在池邊，彷彿在夢境中，月亮明晃晃高掛中天，池塘水平如鏡，萬籟俱寂，遠處傳來夢囈般地高叫聲。此後放牛娃繼續放他的牛，一切如初，他把這事兒漸漸淡忘了。有一天，那兩個南方蠻子又出現在池塘邊。其中一位，跌足長嘆：「晚了！被人家搶了先了！」後來，這兩個南方人從南方帶來兩個如花似玉的江南美女，毫無道理地非要送給放牛娃做老婆。放牛娃只好接受了。又過了幾年，那兩個女人都懷了孕，南方人便趁放牛娃不在家時，把這兩個女人搶走了。放牛娃回來，發現沒了女人，便去追，終於追上了，並驚動了鄉鄰，南方人無奈，只好與放牛娃妥協：兩個女人，南方人帶走一個，留給放牛娃一個。後來這兩個女人各生了一個兒子，自然是讀書如吃方便麵，十幾年後都要進京考進士。南方的那位，在北上的船頭狂妄地豎著一面大旗，旗上繡著：「頭名狀元董梅贊，就怕高密哥哥小藍田。」試卷交上去，主考官難判高低，只好以「走馬觀榜」、「水底摸碑」等方式決定名次。董梅贊在水底摸碑時耍了小心眼，成了狀元，而高密的藍田，只好屈居榜眼……這傳說還有一些別樣的版本，但故事的框架是一樣的。

如果乾脆捨棄了道路，不管腳下是草叢還是牛糞，不要怕踩碎了一窩窩的鳥蛋，不要怕被刺蝟扎了嬌嫩的腳踝，不怕花朵染彩了你的衣服，不要怕酢漿草的味道熏出你的眼淚，我們便筆直地對著東南方向那座秀麗的孤零零的小山走。幾個小時後，站在墨水河高高的、長滿了香草、開遍了白花的河堤上，我們已經把那個幸運的放牛娃和關於他的傳說忘卻在身後，而另外一個或是幾個在河堤上放羊的娃娃正在好奇地望著你。他們中如果有那位獨腿的、滿面孤獨神情的少年，你千萬別去招惹他，他是高密東北鄉最著名的大土匪許大巴掌一脈單傳的重孫子，許大巴掌曾與在膠東縱橫十六年的八路將領許世友比試過槍法與武藝。「咱倆都姓許，一筆難寫兩個許字」，這句很有江湖味兒的話不知出自哪個許之口。至今還在流傳著他們比武的故事，流傳的過程也就是傳奇的過程。那孤獨的獨腿少年站在河堤上，揮動著手中的鞭子，抽打著堤岸上的野草，一鞭橫掃，高草紛披，開闢了一塊天地。那少年嘴唇薄得如刀刃一樣，鼻子高挺，腮上幾乎沒有肉，雙眼裡幾乎沒有白色。幾千年前蹲在渭河邊釣魚的姜子牙，現在就蹲在黑水河邊上，頭頂黃斗笠，身披綠蓑衣，身旁放一只縮頸的柳條簍，面前是平靜的河水，野鴨子在河邊淺草裡覓食，高腳的鷺鷥站在野鴨們背後，尖嘴藏在背羽中。明晃晃一道閃電，喀啦啦一陣霹雷，頭上的黑雲團團旋轉，頃刻遮沒了半邊天，青灰色的大雨點急匆匆地落下來，砸得河面皺紋萬千。一條犁鏵般的鯽魚落在了姜太公的魚簍裡。河裡有些什麼魚？黑魚、鮎魚、鯉魚、草魚、鯽魚、鱔魚。泥鰍不算魚，我們捉了餵貓，貓還不願吃。色彩鮮豔的「紫瓜皮」也不算魚，牠活蹦亂跳。鱉是能成精的靈物，尤其是五爪鱉，無人敢惹。河裡最多的水族是螃蟹，還有一種青色的小蝦子。這條河與蛟河一樣是我們的母親河，蛟河在村北，墨水河在村南，這兩條河往東北方向流四十里，在鹹水口子那裡，匯合在一起，然後注入渤海的萬頃碧波之中。有河必有橋，橋是民國初年修的，至今已搖搖欲坍，橋石上曾經浸透了血跡。一個紅衣少女坐在橋上，兩條光滑的黑腿垂到水面。她的眼睛裡唱著一百年前的歌謠，她的嘴緊閉著，她是孫家這個陰鷙的家族中諸多美貌啞巴中的一個。她們是徹底的沉默，永遠緊繃著長長的嘴。那一年九個啞巴姊妹疊成一個寶塔，寶塔頂端是她們的夜明珠般寶貴的弟弟——一個伶牙俐齒的男孩。他踩著姊姊們造出的高度，放聲歌唱：蓮花白白如奶奶……這歌聲滲透在他的姊姊們的眼睛裡，每當我注視著孫家姊妹們冷豔的眼睛，便親切地聽到了那白牙少年的歌唱。這歌唱滲透到他的姊姊豐滿的乳房裡，變成青白的乳汁，哺育著面色蒼白的青年。

關於墨水河上這座老弱的小石橋，那故事多如牛毛，世間的書大多是寫在紙上的，也有刻在竹簡上的，但有一部關於高密東北鄉的書是滲透在石頭中的，我指的是這座小橋。

過了橋，又上堤，同樣的碧草雜花爛漫繁榮的堤，站上去往南望，土地猛然間改變了顏色：河北是黑色的原野，河南是蒼黃的土地。秋天，萬畝高粱在河南成熟，像血像火又像豪情，採集高粱米的鴿子們的叫竟如女人們悲傷的抽泣。但現在已是滴水成冰的隆冬了，大地沉睡在白雪下，初升的太陽照耀，眼前展開萬丈金琉璃。許多似曾相識的人在雪地上忙碌著，他們彷彿是從地裡冒上來的。這就是高密東北鄉的「雪集」了。「雪集」者，雪地上的集市，雪地上的交易，雪的祭祀和慶典，是一個將千言萬語壓在心頭，一出聲便遭禍的儀式。成千上萬的東北鄉人一入冬就盼望著第一場雪，雪遮住了大地，人走出房屋，集中在墨水河南那大約有五百畝的莫名其妙的高地上。據說這塊高地幾百年前曾是老孫家的資產，現在當然是村裡的公地。據傳高密東北鄉的最高領導要把這塊地圈成開發區，這愚蠢的念頭遭到了鄉民們堅決抵制。圈地的木頭標記毀了十幾次，每次都是白天插上，夜裡便被人拔掉。

我多麼留戀隨著爺爺第一次去趕「雪集」的情景，你只能用眼睛看，用手勢比畫，和全部心思去體會，但是你絕對不能開口說話。開口說話會帶來什麼後果呢？我們心照不宣。雪集上賣什麼的都有，最多的是蒲草編織的鞋和各種吃食。主宰著雪集的是食物的香氣：油煎包的香氣、炸油條的香氣、燒肉的香氣、烤野兔的香氣……女人們都用肥大的棉襖袖口罩住嘴巴，看起來是防止寒風侵入，我認為是怕話語溢出。我們遵守著這古老的約定，不說話。這是人對自己的制約還是挑戰？蘇聯小說《鋼鐵是怎樣煉成的》裡的主人公保爾・柯察金說不抽菸就不抽菸，高密東北鄉人說不說話就不說話。會抽菸不抽菸是痛苦，會說話硬不說話卻是一樁樂趣。難得的是來這裡的所有的人都不說話。當年我親眼目睹著因為不說話雪集上的交易以神奇的速度進行著，一切都變得簡潔利索，一切都變得清楚明瞭，可見人世的話語中百分之九十九的都是廢話。閉住你的嘴巴，省出力量來思想。不說話使你捕捉到更多的信息，關於顏色、關於氣味、關於形狀。不說話使人處在一種相互理解的和諧氣氛中，不說話使人避免了親暱也避免了爭鬥，不說話使人與人之間拉上了一層透明的帷幕，由於有了這層帷幕，彼此反倒更深地記住了對方的容貌。不說話你能聽到世間更多的、更美好的聲音。不說話女人的嫣然一笑更令人賞心悅目、心領神會。你願意說話也可以，但無數的目光會注視著你，使你自己都感到無趣。大家都能說而不說，你為什麼偏要說？人民的沉默據說是一個可怕徵兆，當人們七嘴八舌夾七雜八地議論著時，這社會大概還有救，當人民都冷眼不語時，連罵娘都不願意了時，這社會其實已經到了盡頭。當然雪集上的沉默僅僅是高密東北鄉自己的事。據說有一個外鄉人來趕雪集，納悶地說：「你們這兒的人都是啞巴嗎？」他受到了什麼樣的懲罰？請你猜猜看。

不要在此流連，關於雪集，我會在一部長篇小說裡再次對你講起。下面，請同志們注意那條狗，那條瞎眼的狗，在雪地上追逐野兔。我在本文開篇時為這條狗下了一個定語：莽撞，其所以莽撞，是因為瞎眼，正因為盲目，所以莽撞。其實牠追逐著的，僅僅是野兔的氣味和聲音，但最終牠卻一口咬住了野兔。使我想起了德國作家徐四金的小說《香水》，那裡邊有一個怪人，通過對氣味的了解，比所有的人都更加深刻地了解了整個世界。日本盲音樂家宮城道雄寫著：「失去了光之後，在我面前卻展現出無限的複雜的音的世界，充分補償了我因為不能接觸顏色造成的孤寂。」這位天才還能聽出聲音的顏色，他說音和色密不可分，有白色的音、黑色的音、紅色的音、黃色的音，等等，也許還有一個天才，能聽出聲音的味道。

就不去西南方向的沼澤地了吧？也不去東北方向的大河入海處了，那兒的沙灘上有著碩果纍纍的葡萄園。也不去逐個遊覽高密東北鄉版圖上的大小村鎮了，那兒的歷史上曾有過的燒酒大鍋、染布作坊、孵雞的暖屋、馴鷹的老人、紡線的老婦、熟皮子的工匠、談鬼的書場等等等等都沉積在歷史的岩層中，跑不了。請看，那條莽撞的狗把那隻兔子咬住了，叼著，獻給了牠的主人——高壽的門老頭兒。他的孤零零的房子，坐落在高密東北鄉最東南的邊沿上，出了他的門，往前走幾步，便是一道奇怪的牆，牆裡是我們的地盤，牆外是別人的土地。

門老頭兒身材高大，年輕時也許是個了不起的漢子，他的故事還在流傳，我最親近他捉鬼的故事：說他碰到一個鬼，鬼要他揹她，於是便揹她一直揹回家放下，原來是……是什麼？我也不知道。這個孤獨的老人，曾給一個大名赫赫的人物當過馬夫。據說他還是共產黨員。從我記事起，他就住在這遠離村莊的地方，但我經常吃到他託人捎來的兔子肉或是野鳥的肉。他用一種紅莖的野草煮肉，肉味鮮美，宛若悅耳的音樂，至今繚繞我舌尖耳畔。但別人找不到這種草。前幾年，聽村裡人說：門老頭兒到處收集酒瓶子，問他收了幹什麼，他不說。終於發現他在用酒瓶子砌一道把高密東北鄉和外鄉隔開的牆。這道牆砌了約有二十米長時，老頭兒坐在牆根死了。

這道牆由幾萬只瓶子砌成，瓶口一律朝著北，只要是颳起北風，幾萬隻瓶子便一齊發出聲音各異的呼嘯，這些聲音匯合在一起，便成了亙古未有過的音樂。在北風怒叫的夜晚，我們躺在被窩裡，聽著來自東南方向變幻莫測、五彩繽紛、五味雜陳的聲音，眼睛裡往往飽含著淚水，心裡常懷著對祖先的崇敬、對大自然的恐懼、對未來的憧憬、對神的感激。

你什麼都可以忘記，但不要忘記這道牆發出的聲音，因為它是大自然的聲音，是鬼與神的合唱。

會唱歌的牆昨天倒了，千萬只碎瓶子在雨水中閃爍著清冷的光芒繼續歌唱，但比之從前的高唱，現在則是雨中的低吟了。值得慶幸的是，那高唱，這低吟，都滲透到我們高密東北鄉人的靈魂裡，並且會世代流傳下去。

# 故鄉往事

我生在山東省高密縣大欄鄉平安村裡，一直長到二十歲才離開。故鄉——農村留給我的印象，是我創作的源泉也是動力。我與農村的關係是魚與水的關係，是土地與禾苗的關係，當然，從另一方面看，也是鳥與鳥籠的關係，也是奴役與被奴役的關係。雖然我離開農村進入都市已經十好幾年，但感情還是農村的，總認為一切還是農村的好，但假如真讓我回農村去當農民，肯定又是一百個不情願。所以有時候罵城市，並不意味著想離開；有時候讚美農村，也不是就想回去。人就是這樣口是心非，當然也會有始終心口如一的特殊例子。

故鄉留給我的印象，是我小說的魂魄，故鄉的土地與河流、莊稼與樹木、飛禽與走獸、神話與傳說、妖魔與鬼怪、恩人與仇人，都是我小說中的內容。

要把我與農村的關係說清楚，不是太容易，我想揀幾件至今讓我難以忘懷、又沒有寫進小說裡的事兒寫寫，也算向讀者坦白吧。

## 一、滾燙的河水

我這輩子記住的第一件事，是掉到茅坑裡差點淹死。那大概是我兩歲左右的事。在我的印象裡，那是個暴雨很多、驕陽如火的夏天，家裡那個用磚頭砌就的很深很大的露天茅坑裡瀦留著很多雨水，水面上漂浮著一層草木灰，草木灰中蠕動著長尾巴的蛆蟲。我記得茅坑角上栽著一根木棍子，是為我的腿腳不方便的奶奶預備的。我喜歡雙手抓著木棍子，身體往後仰著，一邊拉一邊胡思亂想。那根木棍年久腐朽，突然斷了。我仰面朝天跌進茅坑裡去，喝了一肚子臭水，幸虧我的大哥發現把我撈上來。大哥拿著一塊肥皂，把我扛到河裡去洗。我記得正是中午頭兒，陽光特別強烈，河裡的水明晃晃的，耀得人不敢睜眼，滿河裡都是洗澡的男人和嬉水的男孩。男孩們追逐著、叫嚷著，騰起一片片白色的水花。大哥把我放在河水裡。河水滾燙，我嗷嗷地叫著，摟著大哥的脖子使勁地把腿蜷起來。大哥硬把我按在水裡。我哭著掙扎著。我記得大哥說：你一身屎一頭蛆，不燙燙，髒死了。我還記得周圍的滾水中露著一些青色的男人頭顱，那些漆黑的眼睛在蒸氣中眨動著。謨賢，怎麼了？我記得他們很尊敬地叫著大哥的學名問。大哥那時正在夏莊鎮念高級中學，是村裡唯一的，受著村民們的尊重。大哥說：掉到圈裡了，差點淹死！我記得那些男人笑嘻嘻地問我：屎湯子什麼味道？好喝不好喝？大哥往我的頭上抹了很多肥皂，肥皂泡沫殺得我睜不開眼睛。我聞到了肥皂味兒、魚湯味兒、臭大糞味兒。

我認為三十幾年前的太陽比現在毒辣得多，能曬熱半河流水。那樣滾燙的河水我再也碰不到了。近十幾年，故鄉所有的河流都乾得底朝了天，我的鄉親們在河底下曬莊稼，搭上台子唱戲。關於在河底搭台子唱戲的事，我在一部題名〈爆炸〉的中篇裡有過描寫。

## 二、成精的老樹

大躍進、大煉鋼鐵、吃公共食堂時，我已是三歲。先是記得我家菜園子旁邊那株數人難以合抱的大柳樹被殺了，拉去當煉鋼鐵的燃料。殺樹時我跟著姊姊滿腔怒火的站在很遠的地方觀看。雖然農村「共產主義」，管什麼都不要錢，但我們對自家的大樹有感情了，殺它我們心疼。殺樹的人有十幾個，有拿斧的，有拿鋸的，有拿十字鎬的，有拿大鎊的，噼噼啪啪，從日頭冒紅折騰到太陽平西，雪白的木屑飛散在大樹周圍厚厚一層，但大樹森森屹立，總是不倒。鄰居孫二提著大斧繞著大樹轉著說：該倒了呀，怎麼總是站著？很多遙觀殺大樹的婆婆媽媽嘰嘰喳喳的議論起來，說這棵大柳樹有幾百年的壽命，早就成了精了，不是隨便好殺的。說有一年誰誰從樹上鉤下一根枯枝，回家就生了一場大病，何況要殺它！砍一斧沒有血來就算樹精遮了眾人的眼。婆婆媽媽們議論著，殺樹的男人都怯怯地離了那挨千斧萬鋸而不倒的老樹，遠遠的躲到矮牆邊上抽菸袋。夕陽漸下漸濃，紅光像血一樣，把老樹映得一片輝煌，看光景殺樹的男人也都害了怕，沒人敢靠前了。正在這時候，大隊長張平團來了。他瞪著兩隻呆愣愣的大眼，大揹著一桿長苗子鳥槍，穿著一身又髒又破的軍衣，腰裡紮著一條黑色的牛皮腰帶，很寬；腰帶扣是黃銅的，閃閃發光。據說他常用這條腰帶抽他的老婆，這不是我親眼所見；我親眼看到過好多次他打老婆，但都不是用牛皮腰帶，用槍苗子戳，用疤棍子擄，用木板子砍。每次他都把他那個又瘦又小的老婆打得血肉模糊，眼見著要死的樣子，但她總是能活過來，而且還能在這三日一小打、五日一大打中一胎接一胎地生孩子，盡生些禿頭小子，七長八短一群，五冬六夏光著屁股，都瞪著呆愣愣的大眼，一看就知道是大隊長的種子。大隊長昂著頭，瞪著眼，像哪吒一樣，風風火火地滾過來，衝著那些殺樹的男人破口大罵：「……磨洋工嗎？十幾個整勞力，一天殺不倒一棵樹，要你們幹什麼？都給我滾起來，殺。」

孫二弓著腰，踱過來，愁眉不展地說：「大隊長，不是我們磨洋工，這棵樹成了精了，不好殺。」他指指被砍得搖搖晃晃的大樹和遍地的木片，怯聲著，「都成了這樣了，它硬是不倒。」

「放屁！」大隊長罵道，「聽說過狐狸成精，沒聽說過柳樹成精；不倒？

它憑什麼不倒？它敢不倒！我給你們轟它一槍，壓壓邪氣！」說著，他把肩上的鳥槍悠下來，端在手裡，喝一聲，「小孩子閃開點！」然後，舉槍單眼瞄準，說，「我可是要摟火嘍！」隨著一勾扳機，一股小小的黃煙從槍機那兒冒起來，緊接著一溜火光竄出槍管，震天動地一聲響，一大團鐵砂子打在樹幹上，掏出了拳頭大小一個窟窿。大樹抖了抖，依然不倒。大隊長貓著腰走到樹下，轉著圈看了看，說，「斷是斷了，就是樹頭重，壓住了。找繩子，拴住樹杈子，拉，一拉保準就倒了。」殺樹的人們大眼瞪著小眼，懶洋洋地，沒有一個想動。大隊長瞪著眼，大聲吆喝：「想讓我拔你們的白旗嗎？孫二，你去大車棚裡拿繩子。」孫二黏黏糊糊地說：「大隊長，天就要黑了，黑燈瞎火的，砸著人就不是玩的。」大隊長道，「胡說，放著它立一夜，不是又長到一塊去了麼，別給我蘑菇，快去。」

孫二嘟嘟噥噥的去找繩子，大隊長瞅著機會，剜皮剜眼地訓斥殺樹的人。大家都低著頭抽菸，沒人吭氣。大隊長也覺得沒趣了，吐了幾口唾沫，單手扠腰，往大車棚的方向望孫二。

孫二拖著大綑繩子，像條被打出了腸子的狗，三步一歇地磨蹭過來。

大隊長令人上樹掛繩，沒人敢上。張三說腿痛，李四說腰痛，王一說眼神不濟。都不願上樹，用槍筒子戳著腚也不上。大隊長無奈，皺著眉頭想了個偷巧的法子，用繩子綁了一塊磚頭，往樹杈上拋，三拋兩拋，竟然成了功，拉緊了繩，大隊長喝著號子，一、二、三，拉——說時遲那時快，只聽得嘎吱嘎吱幾聲巨響，大樹緩緩傾斜過來，有人喊了一聲：不好！眾人扔掉繩子才待要跑，哪裡跑得及？大樹挾著風裹著月，像一團黑壓壓的烏雲，比風還快地倒了。龐大的樹冠陳在地上，蓬鬆著一座小山。短牆倒到白菜地裡去了，孫家的三間草屋倒了一間半。十幾個殺樹的民工一個也沒落，全給捂在樹裡。他們在樹裡邊出不來，人不停地叫喚。大隊長站在邊上喊號，看事不好，幾個小箭步就躥出幾丈遠，脫離了危險。到底是當過志願軍的人，反應敏銳，腿腳矯健。

先是圍觀的婆婆媽媽們尖聲叫起來，繼而是大隊長尖著嗓子沿大街來回跑動著喊叫：救人——救人——附近土高爐那兒正在砸鍋熬鐵的人亂紛紛跑來，七嘴八舌地問：人在哪兒？人在哪兒？

後來就試探著拉那樹冠，哪裡拉得動？一老者道：「別拉！一拉兩鼓湧，原本死不了的，也給揉搓死了。」都停手不拉，但沒有主意，老者道：「多找大齒鋸來，卸樹杈子。」

眾人找來幾張需要兩人拉動的大齒鋸，又點亮幾盞馬燈，嗤啦嗤啦地鋸樹杈子。大隊長早就不咋呼了，鳥槍也不知扔哪兒啦，煞白著臉兒，提著一盞馬燈，給拉鋸的人照明。

被砸在樹下的人的親屬聽著風來了，哭的哭，叫的叫，像死了人報喪一樣。樹下的人有能跟親屬對話的，勸親屬不要哭，傷重的就顧不了人倫，一個勁兒呻喚，也有自始至終沒出動靜的、親屬呼喚也不答應的，大概不死也是發了昏了。

樹冠漸漸禿下去，幾個小時後，終於見了地皮，把樹下的死人活人拖出來，抬到衛生所裡去。滿地都是血。人終於散得差不多了，大隊長提著馬燈，呆呆地站在那兒，像根木樁子一樣。

這是我們村幾十年沒出過的大事故，死了五個人，孫二是其中之一；其餘的都受了傷，傷最輕的王四海，也斷了一條腿，折了八根肋條。

我爺爺原先是痛恨殺樹者的，在斧鋸聲中罵不絕口，事發後，他叨著那支紅銅嘴兒、青銅管兒、黃銅鍋兒的全銅菸袋，一鍋連一鍋抽菸，臉青著，一句話也不說。

## 三、爺爺的故事

實際上我要寫的是關於爺爺的一些事情，幾乎沒有虛構，題目中有「故事」二字，並不意味著我要編造什麼。自從我寫了《紅高粱家族》之後，有一些讀者來信問我：你爺爺是否就是土匪余占鰲的原型？不是的，我爺爺與土匪司令余占鰲沒有任何關係，他是一個真正的優秀的農民。他個頭中等、人很瘦，是幹農活的好手，也是心靈手巧的木匠。後來他老了，腰彎得像魚鉤一樣，這是年輕時出力太過的後果。

爺爺年輕時腿上生了貼骨疽，據說病情十分嚴重，眼見著一條腿難保了。無奈，只得請來全縣聞名的醫生「大咬人」，此人醫術高明，尤其是治毒瘡惡疽有絕活，但極難伺候，非坐健騾拉的轎車不出診，食魚肉、飲美酒，診費要得凶狠，故稱「大咬人」。雇了轎車子把「大咬人」搬來，談起來竟是瓜蔓子親戚，於是「大咬人」也不咬人了，給開了三副中藥，十分把握地說了每吃一副藥後病情的變化。我的大爺爺也是個中醫，對「大咬人」原也不十分服氣，所以他親自觀察我爺爺服藥的病情變化，果然如「大咬人」所預言，大爺爺十分心服。大爺爺說三副藥吃完後，爺爺的一條腿像熟透了瓜一樣，插進幾十根中空的麥稈草引流，膿血流了許多，後來竟一點也沒落殘。據說那「大咬人」能把人頭上的瘡用一副藥給挪到屁股上去，雖說是玄而又玄，但我基本相信，中醫裡確實有一些半仙樣的人物。

每年的麥收季節，是我記憶中十分愉快的季節。這季節遍地金黃，為了搶時間，男勞力們披著星星下地，早飯送到地裡吃。各家都把去年殘存的一點點小麥磨了，擀餅蒸饅頭，犒勞鐮刀。我十三歲那年，第一次告別了拾麥穗的兒童隊伍，提著鐮刀，加入了割麥的行列。我的鐮刀是爺爺親手幫我磨的，磨得非常快，吹毛立斷。我信心百倍地提著快鐮，頭頂著幽藍夜空上的繁華星斗，跟隨著大人們，走進散發著麥香的田野；心情興奮，似初次上陣的新兵。

我們那地方土地遼闊，莊稼都是種成大片，無論是高粱還是小麥，都有一望無垠的勁頭兒。那天早晨收割的那塊地是最短的，但一個來回也有五里。每個人割兩行，梯次排開，隊長在最前頭，我在最後頭。割了半個時辰，前邊的人就沒影了。後來日頭在東邊冒了紅，染得地平線上的幾條長雲如同爛漫的綢帶。早起的鳥兒在灰藍的天空中婉轉地呼哨著，潮溼的空氣像新釀出的酒漿。我直起麻木沉重的腰，看到遍地躺著一排排整齊的麥個子，割麥的男人們已經在遙遠的河堤上等待開飯了，而我還在地半腰。

後來隊長與幾個人分段割完了我那行麥子。我提著鐮刀，非常不好意思地到了地頭。剛要拿碗去盛隊裡免費供應的綠豆稀飯，一個家庭出身很好，在隊裡說話很硬的小個子男人把我的碗奪過去，扔在地上，氣洶洶地說：你還有臉喝湯？你看看你割那兩行麥子，茬子高，掉穗多，浪費糧食糟蹋草，該扣你們家的糧草！他的話份量太重，我委屈地哭了！

隊長說：你還是拾麥穗去吧，再長幾歲，有你割麥子的時候。當天中午，爺爺知道了這件事，他很生氣。吃過午飯，他提著一把鐮，到了割麥的地方。爺爺是不願加入合作社的，但拗不過思想進步的我父親。入社後，他便發誓不為生產隊幹活，割草賣，沒草割的時候就做木匠活。所以爺爺在生產隊麥田裡出現引眾人注目。隊長很客氣地招呼。爺爺也不說話，揀了一塊麥子長得格外茂密的糞盤地，彎腰揮鐮，唰唰唰一陣響，便把一個兩頭、腰兒細的麥個子扔在眾人面前。那活兒自然是一流的，沒人能比。訓斥過我的小個子臉紅了。爺爺說：你們割了幾畝麥子？弄得灰頭垢臉的，早年我去上坡佃工夫割麥子，穿著白漂布的小褂，手提著畫眉籠子，割一天下來，衣服還是白的。

爺爺說的可能有點玄，但他的技藝的確把人們震住了，替我出了一口氣。

爺爺會織魚網，會編鳥籠子，會捕魚，捉螃蟹，還玩鳥槍打鳥。他是個有情趣的農民，後來的人民公社大鍋飯，把人像牲口一樣攏在一起，人們過著一種半軍事化的生活，去趕個集都要向隊長請假，農民的所有時間都不能自己支配，有情趣的農民也沒有了。這幾年土地分到了戶，農民們比我在農村時要舒服多了，雖然幹活也苦也累，但人身恢復了自由，人的腦袋也有了更多的用處。如果我的爺爺還活著，他一定會愉快的。

事實上，人民公社那一套，人人都知道不靈，但誰也不敢說。上頭把政策一變，飯也吃飽了，衣也穿暖了，房子也住好了。守著那麼肥沃的土地，竟餓肚子許多年，想想也不知道該恨誰。當年我爺爺就詛咒人民公社是兔子的尾巴長不了，這在當時可算彌天大罪，現在應了驗。

關於農村，可以說的話實在是太多。譬如農村的政治制度、宗族問題、農時節氣、莊稼草木、土地河流、家禽家畜、蚊蝨蛆蟲、風俗習慣、洪水旱魃、苛捐雜稅、奇人異事……都能拉開架式寫大塊文章，只可惜版面有限，只好草草結束這篇「四不像」的文章，讀者姑妄讀之吧。

# 童年讀書

我童年時的確迷戀讀書。那時候既沒有電影更沒有電視，連收音機都沒有。只有在每年的春節前後，村子裡的人演一些《血海深仇》、《三世仇》之類的憶苦戲。在那樣的文化環境下，看「閒書」便成為我的最大樂趣。我體能不佳，膽子又小，不願跟村裡的孩子去玩上樹下井的遊戲，偷空就看「閒書」。父親反對我看「閒書」，大概是怕我中了書裡的流毒，變成個壞人；更怕我因看「閒書」耽誤了割草放羊；我看「閒書」就只能像地下黨搞祕密活動一樣。後來，我的班主任家訪時對我的父母說其實可以讓我適當地看一些「閒書」，形勢才略有好轉。但我看「閒書」的樣子總是不如我背誦課文或是揹著草筐、牽著牛羊的樣子讓我父母看著順眼。人真是怪，愈是不讓他看的東西、愈是不讓他幹的事情，他看起來、幹起來愈有癮，所謂偷來的果子吃著香就是這道理吧。我偷看的第一本「閒書」，是繪有許多精美插圖的神魔小說《封神演義》，那是班裡一個同學的傳家寶，輕易不借給別人。我為他家拉了一上午磨才換來看這本書一下午的權利，而且必須在他家磨道裡看並由他監督著，彷彿我把書拿出門就會去盜版一樣。這本用汗水換來短暫閱讀權的書留給我的印象十分深刻，那騎在老虎背上的申公豹、鼻孔裡能射出白光的鄭倫、能在地下行走的土行孫、眼裡長手手裡又長眼的楊任，等等等等，一輩子也忘不掉啊，所以前幾年在電視上看了連續劇《封神演義》，替古人不平，如此名著，竟被糟蹋得不成模樣。其實這種作品，是不能弄成影視的，非要弄，我想只能弄成動畫片，像《大鬧天宮》、《唐老鴨和米老鼠》那樣。

後來又用各種方式，把周圍幾個村子裡流傳的幾部經典如《三國演義》、《水滸傳》、《儒林外史》之類，全弄到手看了。那時我的記憶力真好，用飛一樣的速度閱讀一遍，書中的人名就能記全，主要情節便能複述，描寫愛情的警句甚至能成段的背誦。現在完全不行了。後來又把文革前那十幾部著名小說讀遍了。記得從一個老師手裡借到《青春之歌》時已是下午，明明知道如果不去割草羊就要餓肚子，但還是擋不住書的誘惑，一頭鑽到草垛後，一下午就把大厚本的《青春之歌》讀完了。身上被螞蟻、蚊蟲咬出了一片片的疙瘩。從草垛後暈頭脹腦地鑽出來，已是紅日西沉。我聽到羊在圈裡狂叫，餓的，心裡忐忑不安，等待著一頓痛罵或是痛打。但母親看看我那副樣子，寬容地嘆息一聲，沒罵我也沒打我，只是讓我趕快出去弄點草餵羊。我飛快地竄出家院，心情好得要命，那時我真感到了幸福。

我的二哥也是個書迷，他比我大五歲，借書的路子比我要廣得多，常能借到我借不到的書。但這傢伙不允許我看他借來的書。他看書時，我就像被磁鐵吸引的鐵屑一樣，悄悄地溜到他的身後，先是遠遠地看，脖子伸得長長，像一隻喝水的鵝，看著看著就不由自主地靠了前。他知道我溜到了他的身後，就故意地將書頁翻得飛快，我一目十行地閱讀才能勉強跟上趟。他很快就會煩，闔上書，一掌把我推到一邊去。但只要他打開書頁，很快我就會湊上去。他怕我趁他不在時偷看，總是把書藏到一些稀奇古怪的地方，就像革命樣板戲《紅燈記》裡的地下黨員李玉和藏密電碼一樣。但我比日本憲兵隊長鳩山高明得多，我總是能把我二哥費盡心機藏起來的書找到；找到後自然又是不顧一切，恨不得把書一口吞到肚子裡去。有一次他借到一本《破曉記》，藏到豬圈的棚子裡。我去找書時，頭碰了馬蜂窩，嗡地一聲響，幾十隻馬蜂螫到臉上，奇痛難捱。但顧不上痛，抓緊時間閱讀，讀著讀著眼睛就睜不開了。頭腫得像柳斗，眼睛腫成了一條縫。我二哥一回來，看到我的模樣，好像嚇了一跳，但他還是先把書從我手裡奪出來，拿到不知什麼地方藏了，才回來管教我。他一巴掌差點把我搧到豬圈裡，然後說：活該！我惱恨與疼痛交加，嗚嗚地哭起來。他想了一會，可能是怕母親回來罵，便說：只要你說是自己上廁所時不小心碰了馬蜂窩，我就讓你把《破曉記》讀完。我非常愉快地同意了。但到了第二天，我腦袋消了腫，去跟他要書時，他馬上就不認帳了。我發誓今後借了書也絕不給他看，但只要我借回了他沒讀過的書，他就使用暴力搶去先看。有一次我從同學那裡好不容易借到一本《三家巷》，回家後一頭鑽到堆滿麥稭草的牛棚裡，正看得入迷，他悄悄地摸進來，一把將書搶走，說：這書有毒，我先看看，幫你批判批判！他把我的《三家巷》揣進懷裡跑走了。我好惱怒！但追又追不上他，追上了也打不過他，只能在牛棚裡跳著腳罵他。幾天後，他將《三家巷》扔給我，說：趕快還了去，這書流氓極了！我當然不會聽他的。我懷著甜蜜的憂傷讀《三家巷》，為書裡那些小兒女的純真愛情而癡迷陶醉。舊廣州的水氣市聲撲面而來，在耳際鼻畔繚繞。一個個人物活靈活現，彷彿就在眼前。當我讀到區桃在沙面遊行被流彈打死時，趴在麥稭草上低聲抽泣起來。我心中那個難過，那種悲痛，難以用語言形容。那時我大概九歲吧！六歲上學，念到三年級的時候。看完《三家巷》，好長一段時間裡，我心裡悵然若失，無心聽課，眼前老是晃動著美麗少女區桃的影子，手不由己地在語文課本的空白處，寫滿了區桃。班裡的幹部發現了，當眾羞辱我，罵我是大流氓，並且向班主任老師告發，老師批評我思想不健康，說我中了資產階級思想的流毒。幾十年後，我第一次到廣州，串遍大街小巷想找區桃，可到頭來連個胡杏都沒碰到。我問廣州的朋友，區桃哪裡去了？朋友說：區桃們白天睡覺，夜裡才出來活動。

讀罷《三家巷》不久，我從一個很賞識我的老師那裡借到了一本《鋼鐵是怎樣煉成的》。晚上，母親在灶前忙飯，一盞小油燈掛在門框上，被騰騰的煙霧繚繞著。我個頭矮，只能站在門檻上就著如豆的燈光看書。我沉浸在書裡，頭髮被燈火燒焦也不知道。保爾和冬妮婭，骯髒的燒鍋爐小工與穿著水兵服的林務官的女兒的迷人的初戀，實在是讓我夢繞魂牽，跟得了相思病差不多。多少年過去了，那些當年活現在我腦海裡的情景還歷歷在目。保爾在水邊釣魚，冬妮婭坐在水邊樹杈上讀書……哎，哎，咬鉤了，咬鉤了……魚並沒咬鉤。冬妮婭為什麼要逗這個衣衫襤褸、頭髮蓬亂、渾身煤灰的窮小子呢？冬妮婭出於一種什麼樣的心態？保爾發了怒，冬妮婭向保爾道歉。然後保爾繼續釣魚，冬妮婭繼續讀書。她讀的什麼書？是托爾斯泰還是屠格涅夫？她垂著光滑的小腿在樹杈上讀書，那條烏黑粗大的髮辮，那雙湛藍清澈的眼睛……保爾這時還有心釣魚嗎？如果是我，肯定沒心釣魚了。從冬妮婭向保爾真誠道歉那一刻起，童年的小門關閉，青春的大門猛然敞開了，一個美麗的、令人遺憾的愛情故事開始了。我想，如果冬妮婭不向保爾道歉呢？如果冬妮婭擺出貴族小姐的架子痛罵窮小子呢？那《鋼鐵是怎樣煉成的》就沒有了。一個高貴的人並不意識到自己的高貴才是真正的高貴；一個高貴的人能因自己的過失向比自己低賤的人道歉是多麼可貴。我與保爾一樣，也是在冬妮婭道歉那一刻愛上了她。說愛還早了點，但起碼是心中充滿了對她的好感，階級的壁壘在悄然地瓦解。接下來就是保爾和冬妮婭賽跑，因為戀愛忘了燒鍋爐；勞動紀律總是與戀愛有矛盾，古今中外都一樣。美麗的貴族小姐在前面跑，鍋爐小工在後邊追……最激動人心的時刻到了：冬妮婭青春煥發的身體有意無意地靠在保爾的胸膛上……看到這裡，幸福的熱淚從高密東北鄉的傻小子眼裡流了下來。接下來，保爾剪頭髮，買襯衣，到冬妮婭家做客……我是三十多年前讀的這本書，之後再沒翻過，但一切都在眼前，連一個細節都沒忘記。我當兵後看過根據這部小說改編的電影，但失望得很，電影中的冬妮婭根本不是我想像中的冬妮婭。保爾和冬妮婭最終還是分道揚鑣，成了兩股道上跑的車，各奔了前程。當年讀到這裡時，我心裡那種滋味難以說清。我想如果我是保爾……但可惜我不是保爾……我不是保爾也忘不了臨別前那無比溫馨甜蜜的一夜……冬妮婭家那條凶猛的大狗，狗毛溫暖，冬妮婭皮膚涼爽……冬妮婭的母親多麼慈愛啊，散發著牛奶和麵包的香氣……後來在築路工地上相見，但昔日的戀人之間豎起了黑暗的牆，階級和階級鬥爭，多麼可怕。但也不能說保爾不對，冬妮婭即使嫁給了保爾，也注定不會幸福，因為這兩個人之間的差別實在是太大了。保爾後來又跟那個共青團幹部麗達戀愛，這是革命時期的愛情，儘管也有感人之處，但比起與冬妮婭的初戀，缺少了那種纏綿悱惻的情調。最後，倒楣透頂的保爾與那個蒼白的達雅結了婚。這樁婚事連一點點浪漫情調也沒有。看到此處，保爾的形象在我童年的心目中就黯淡無光了。

讀完《鋼鐵是怎樣煉成的》，文化大革命就爆發，我童年讀書的故事也就完結了。

# 漫長的文學夢

最早發現我有一點文學才能的，是一個姓張的高個子老師。那是我在村中小學讀三年級的時候。因為自理生活的能力很差，又加上學時年齡較小，母親給我縫的還是開襠褲。為此，常遭到同學的嘲笑。有一個名叫郭蘭花的女生，特別願意看男生往我褲襠裡塞東西。她自己不好意思動手，就鼓勵那些男生折騰我。男生折騰我時她笑得點頭哈腰，臉紅得像雞冠子似的。後來，這個那時大概剛從鄉村師範畢業、年輕力壯、衣冠潔淨、身上散發著好聞的肥皂氣味的高個子張老師來了，他嚴厲地制止了往我褲子裡塞東西的流氓行為。他教我們語文，是我們的班主任。他的臉上有很多粉刺，眼睛很大，脖子很長，很兇。他一瞪眼，我就想小便。有一次他在課堂上訓我，我不知不覺中竟尿在教室裡。他很生氣，罵道：「你這熊孩子，怎麼能隨地小便呢？」

我哭著說：「老師，我不是故意的……」有一次，他讓我到講台上唸一篇大概是寫井岡山上毛竹的課文，念到生氣蓬勃的竹筍衝破重重壓力鑽出地面時，課堂上響起笑聲。先是女生吃吃的低笑，然後是男生放肆的大笑。那個當時就十七歲的、隔年就嫁給我一個堂哥成了我嫂子的趙玉英笑得據說連褲子都尿了。張老師起先還不知道是怎麼回事，訓斥大家：「你們笑什麼?!」待他低頭看了看我，便咧咧嘴，說：「別唸了，下去吧！」我說：「老師，我還沒唸完呢。」因為我唸課文是全班第一流利，難得有次露臉的機會，實在是捨不得下去。張老師一把就將我推下去了。我堂嫂趙玉英後來還經常取笑我，她摹仿著我的腔調說：春風滋潤了空氣，太陽曬暖了大地，尖尖的竹筍便鑽出了地面……

張老師到我家去做家訪，建議母親給我縫上褲襠。我母親不太情願地接受了他的建議。縫上褲襠後，因為經常把腰帶結成死疙瘩，出了不少笑話。後來，大哥把一條牙環壞了的洋腰帶送我，結果出醜更多。一是六一兒童節在全校大會上背誦課文時掉了褲子，引得眾人大嘩；二是我到辦公室去給張老師送作業，那個與張老師坐對面的姓尚的女老師非要我跟她打乒乓球，我說不打，她非要打，張老師也要我打，我只好打，一打，褲子就掉了。那時我穿的是大褲腰的笨褲子，一掉就到了腳脖子。尚老師笑得前仰後合，說張老師你這個愛徒怎麼這樣呢……

在我短暫的學校生活中，腰帶和褲襠始終是個惱人的問題。大概是上四年級的時候，我寫了一篇關於五一勞動節學校開運動會的作文，張老師大為讚賞。後來我又寫了許多作文，都被老師拿到課堂上唸，有的還抄到學校的黑板報上，有一篇還被附近的中學拿去當作範文學習。有了這樣的成績，我的腰帶和褲襠問題也就變成了一個可愛的問題。

後來我當了兵，提了幹，探家時偶翻箱子，翻出了四年級時的作文簿，那上邊有張老師用紅筆寫下的大段批語，很是感人。因為文化大革命，我與張老師鬧翻了臉。我被開除回家，碰到張老師就低頭躲過，心裡冷若冰霜。重讀那些批語，心中很是感慨，不由得恨文化大革命斷送了我的錦繡前程。那本作文簿被我的侄子擦了屁股，如果保留下來，沒準還能被將來的什麼館收購了去呢。

輟學當了放牛娃後，經常憶起寫作文的輝煌。村裡有一個被遣返回家勞改的「右派」，他是山東師範學院中文系的畢業生，當過中學語文教師。我們是一個生產隊，經常在一起勞動。他給我灌輸了許多關於作家和小說的知識。什麼神童劉紹棠初中的作文就被選進了高中教材啦，什麼劉紹棠下鄉自帶高級水啦，什麼劉紹棠讀高中時就攢了稿費三萬元啦，什麼有一個大麻子作家坐在火車上見到一個女人在鐵道邊上行走，就奮不顧身的跳下去，結果把腿摔斷了……他幫我編織著作家夢。我問他：「叔，只要能寫出一本書，是不是就不用放牛了？」他說：「豈止是不用放牛！」然後他就給我講了丁玲的一本書主義，講了那些名作家一天三頓吃餃子的事。大概從那時起，我就夢想著當一個作家了，別的不說，那一天三頓吃餃子，實在是太誘人了。

一九七三年，我跟著村裡人去昌邑縣挖膠萊河。冰天雪地，三個縣的幾十萬民工集合在一起，人山人海，紅旗獵獵，指揮部的高音喇叭一遍遍播放著湖南民歌《瀏陽河》，那情那景真讓我感到心潮澎湃。夜裡，躺在地窨子裡，就想寫小說。挖完河回家，臉上脫去一層皮，自覺有點脫胎換骨的意思。跟母親要了五毛錢，去供銷社買了一瓶墨水，一個筆記本，趴在炕上，就開始寫。書名就叫《膠萊河畔》。第一行字是黑體：水利是農業的命脈。第一章的回目也緊跟著有了：元宵節支部開大會，老地主陰謀斷馬腿，故事是這樣的：元宵節那天早晨，民兵連長趙紅衛吃了兩個地瓜，喝了兩碗紅黏粥，匆匆忙忙去大隊部開會，研究挖膠萊河的問題。他站在毛主席像前，默默地唸叨著：毛主席呀毛主席，您是我們貧下中農心中最紅最紅的紅太陽……唸完了一想，其實紅太陽並不熱烈，正午時刻的白太陽那才叫厲害呢，正胡思亂想著，開會的人到了。老支書宣布開會，首先學毛主席語錄，然後傳達公社革委會關於挖河的決定。婦女隊長鐵姑娘高紅英請戰，老支書不答應，高紅英要去找公社革委馬主任。高紅英與趙紅衛是戀愛對象，兩家老人想讓他們結婚，他們說：為了挖好膠萊河，再把婚期推三年。這一邊在開會，那一邊陰暗的角落裡，一個老地主磨刀霍霍，想把生產隊裡那匹棗紅馬的後腿砍斷，破壞挖膠萊河，破壞備戰備荒為人民……這部小說寫了不到一章就扔下了，原因也記不清了。如果說我的小說處女作，這篇應該是。後來當了兵，吃飽了穿暖了，作家夢就愈做愈猖狂。一九七八年，我在黃縣站崗時，寫了一篇〈媽媽的故事〉。寫一個地主的女兒（媽媽）愛上了八路軍的武工隊長，離家出走，最後帶著隊伍殺回來，打死了自己當漢奸的爹，但文革中「媽媽」

卻因為家庭出身地主被鬥爭而死。這篇小說寄給《解放軍文藝》，當我天天盼著稿費來了買手錶時，稿子卻被退了回來。後來又寫了一個話劇《離婚》，寫與「四人幫」鬥爭的事，生吞萬家寶，活剝宗福先。又寄給《解放軍文藝》。當我盼望著稿費來了買塊手錶時，稿子又被退了回來，但這次文藝社的編輯用鋼筆給我寫了退稿信，那瀟灑的字體至今還在我的腦海裡搖頭擺尾。信的大意是：刊物版面有限，像這樣的大型話劇，最好能寄給出版社或是劇院。信的落款處還蓋上了一個鮮紅的公章。我把這封信給教導員看了，他拍著我的肩膀說：「行啊，小伙子，折騰得解放軍文藝社都不敢發表了！」我至今也不知道他是諷刺我還是誇獎我。後來我調到保定，為了解決提幹問題，當了政治教員。因基礎太差，只好天天死背教科書。文學的事就暫時放下了。一年後，我把那幾本教材背熟溜了，上課不用拿講稿了，文學夢便死灰復燃，我寫了許多，專找那些地區級的小刊物投寄。終於，一九八一年秋天，我的小說〈春夜雨霏霏〉在保定市的《蓮池》發表了。

# 我的大學夢

六〇年代初，我剛上小學的時候，我的大哥便以優異成績考中了華東師範大學，成為高密東北鄉的第一個大學生。大哥的考中，給家庭帶來了榮耀，也激活了我的大學夢想。但很快便爆發了「文化大革命」，我因編寫《蒺藜造反小報》得罪了當權的老師，被開除出校。時當一九六七年，我十二歲，讀小學五年級。

《蒺藜造反小報》只出了一期就被老師封殺了，我記得上邊有一首「詩」，那大概是我最早的創作：造反造反造他媽的反，毛主席號召我們造反！砸爛砸爛全他媽的砸爛，砸爛資產階級教育路線！其實當權的老師也是造反的，也是要砸爛的，但他的觀點與我的觀點不同，所以我就把他得罪了。

失學後，我深深地體會到了高玉寶式的痛苦。那時又復課了，我的小學同學大多轉到我家前邊的農業中學就讀。雖然上學如同胡鬧，但畢竟還上課。每當我趕著牛羊、揹著草筐從學校窗外的小路上走過時，聽到教室裡昔日同學的喧鬧聲，心中的滋味確實不好受。不但大學夢徹底破滅，連中學也上不成。家庭出身富裕中農，當兵很困難，招工沒希望，看來只能在農村待一輩子了。在絕望中，我把大哥讀中學時的語文課本找出來，翻來覆去的讀，先是讀裡邊的小說、散文，後來連陳伯達、毛澤東的文章都讀得爛熟。

過了幾年，出了一個有名的人物張鐵生，儘管他不是什麼好人，但他的方式的確啟發過我，使我在黑暗中看見了一線光明。原來靠一封信就可以堂而皇之地上大學呀！於是，我就學著張鐵生的樣子，給當時的國家教育部長周榮鑫寫了一封信，表達了我想上大學的瘋狂願望。信發出半個月後的一個傍晚，我正在灶前幫母親燒火，父親步履踉蹌地回家來了。他的手上，捏著一個棕色的牛皮紙信封。我的腦袋嗡的一聲響。我本能地猜到了：父親手裡捏著的，就是我發出的那封信的回音。我既激動又害怕，不知道是福是禍。父親捏著那封信——他的手在微微顫抖——並不急於給我，他的雙眼盯著我，眼神是那樣的迷惘、蒼涼——令我至今難忘——他終於說話了，「你想什麼呀？」然後他把信遞給了我。那是一張很小的印有紅頭的便箋，上邊有十幾行用圓珠筆寫的字跡。信的內容大概是：您的信我們收到了，您想上大學的願望是好的，希望在農村好好勞動，等待貧下中農的推薦。雖然是官腔套話，但當時真讓我感動得不得了，這畢竟是國家教育部的回信啊！夜裡，我聽到父母在低語。父親說：「這小東西，出息好了沒準能成個小氣候；出息不好，就是個惹禍的老祖宗。」母親嘆息道：「委屈孩子了，那麼個好腦子，天天閒著。」

教育部回信，使我的大學夢愈加瘋狂。但我清楚地知道，在村裡待著即使我幹活比牛還賣力，也不會有貧下中農來推薦我上大學。當時，所謂的貧下中農推薦，完全是騙人的空話，每年那幾個名額，還不夠公社幹部的孩子們分配的，根本輪不到農村青年的份，更別說像我這種出生在富裕中農家庭、連小學都沒畢業的農村青年了。於是我想到了當兵。當了兵，只要好好幹，就有可能被推薦上大學。即使上不了大學，能提成幹部，也是一條金光大道。

經過連續四年的努力，在二十一歲的時候，我終於當了兵，那是一九七六年二月。到了部隊，我積極得小命都快豁出去了。掏廁所，挖豬圈，「反擊右傾翻案風」。有一次去農場割小麥，我一個人割的比全班割的還要多兩壟。就這樣，我贏得了全站上下普遍的好感。那時，填寫入伍登記表時，幾乎每個人都少填歲數、高填學歷，我當然不能免俗——為此我內心緊張了許多年——我雖然小學都沒畢業，卻斗膽填上了高中一年級。一九七七年底，領導告訴我，讓我複習功課，準備來年夏天去北京參加考試，報考的學校是我們本系統的工程技術學院。我既激動又害怕，激動的是機會終於來了；害怕的是對數理化一竅不通——連分數的加減都不會。一連幾天，我吃不下飯，睡不著覺，想去向領導坦白真情，又怕落一個偽造學歷、蒙騙組織的罪名。後來，發狠一咬牙，拚吧！寫信讓家裡人把大哥那些書寄來，在本單位一位馬技師的輔導下，開始了艱難的自學。那半年裡，我在一間儲藏勞動工具的小倉庫裡，熬過一個又一個漫漫長夜，硬是從分數學到了複數。化學學了一冊，物理學了兩冊。考期逼近，我心裡愈來愈恐慌。別人見我如此勤奮，都說我必中無疑；但我心裡清楚，半年的時間裡，我只是把一些公式背熟、定理大概弄通而已，解題的能力極差，肯定考不上的。正在痛苦煎熬中，突然，上邊來了電話，說考試的名額沒有了，我不能去北京趕考了。聽到這消息，我如釋重負，但心中卻感到悲喜交集。

經過這一番折騰，我的大學夢基本破滅了。不久，我調到一個新單位，在那裡擔任了政治教員兼圖書管理員。為了講課，我死背硬記了不少政治理論書；利用職務之便，讀了很多文藝方面的書。八〇年代初，在百無聊賴中，我開始學習文學創作，一九八一年發表了處女作。一九八四年，當我已經不再幻想上大學時，大學的門，卻突然對我敞開了。那是個炎熱的夏天，我聽到了解放軍藝術學院文學系招生的消息。其時，報名工作早已結束，我在命運的指導下，拿著自己的作品，闖進了軍藝的大門。我的恩師徐懷中先生看了我的作品後對系裡的幹事劉毅然說：「這個學生，文化考試即使不及格我們也要了。」又是命運引導著我，讓我的文化考試得了高分。一九八四年九月一日，我扛著背包，走進了大學的校門。

# 洗熱水澡

當兵之前，我在農村生活了二十年，從沒洗過一次熱水澡。那時候我們洗澡是到河裡去。那時候的夏天比現在熱得多，吃罷午飯，滿身大汗，什麼也顧不上，扔下飯碗便飛快地跑上河堤，一頭扎到河裡去，扎猛子打撲通，幾個小時不上來。這行為本是游泳，但我們把這說成是洗澡。在河裡泡上一晌午頭，等到大人們午睡起來，我們便戀戀不捨地爬上岸，或是去上學，或是去放牛羊。每年的夏天，河裡總要淹死幾個孩子，但並不能阻止我們下河洗澡。大人也懶得來管。我們都是好水性，沒人教練，完全是無師自通，游泳的姿勢也是五花八門。那時候，每到夏天，十歲以下的男孩子，身上都是一絲不掛，連鞋子也不穿。我們身上沾滿了泥巴，曬得像一條條黑巴魚。有一些膽大的女孩子也有每天中午跟著男孩子下河的，但她們總是要穿著衣服，拖泥帶水，很不利索。
我們洗澡的時間大概從五一節開始，洗到十月國慶日為止。個別的特別戀水的孩子，到了下霜的深秋季節，還動不動就往河裡跳。我們那時自然不知冬泳什麼的，只是感到不下水身上刺癢。河裡結了冰，我們就沒法子洗澡了。然後就乾巴一個冬季，任憑身上的灰垢積累得比銅錢還要厚。那時候我們並不知道城裡人在冬季還能洗熱水澡。
我第一次洗熱水澡是應徵入伍後到縣城裡去換穿軍裝的時候。那時我已二十歲。那個冬季裡我們縣共徵收了九百名士兵，在縣城集合，發放了軍裝後，像趕鴨子似的被趕到兩個澡堂子裡去。送行的家人們在澡堂子外邊等著拿我們換下來的衣服。那時縣城裡總共有兩個澡堂子。一個是公共澡堂，一個是橡膠廠澡堂。公共澡堂也叫人民浴池，是供縣城人民洗澡用的，據說裡邊有一個很大的水池子，而且還是石板鋪地。橡膠廠澡堂是供橡膠廠工人洗澡用的，規模很小，設施也差。我不幸被分到橡膠廠澡堂裡去。那個澡堂其實就是在平地上挖了一個坑，周遭抹上一層水泥。水泥坑中倒上幾十桶熱水。牆角上臨時生了幾個火爐子。澡堂裡的牆上、地上到處都抹著一層又黑又黏的髒東西，估計是從橡膠工人身上洗下來的。屋子裡散發著一股刺鼻的臭氣，比農村裡所有的氣味都難聞。很多人捂著鼻子跑出來說不洗了不洗了！但帶隊的武裝部幹部說，你們已經是兵了，軍令如山倒，讓你們洗就得洗，不洗就是違抗軍令。於是大家只好手忙腳亂地脫衣。三百個青年，光溜溜的，發一聲喊，衝進澡堂裡去像下餃子一樣跳到池中。水池立刻就滿了人，好似肉的叢林。池中的水猛地溢了出來，在地上湧流，流到外間去，浸溼了我們脫下來的衣服。這次所謂洗澡，不過是用熱水沾了沾身體罷了。力氣小的擠不進去連身體也沒沾溼。但是從此之後，我知道了人在嚴寒的冬天，可以在室內用熱水洗澡這件事。

當兵後，部隊住在偏遠的農村，周圍連條可以洗澡的河都沒有。我們整天摸爬滾打，還要養豬種菜，髒得像泥猴子似的，身上散發著臭氣。但部隊就是部隊，待遇勝過農民。每逢重大節日，部隊領導就提前派人到縣城裡去聯繫澡堂子。聯繫好了，就用大卡車拉著我們去。這一天部隊把整個澡堂包下來了，老百姓不准入內。我們可以盡興地洗。我們所在的那個縣是革命的老根據地，對子弟兵有很深的感情。澡堂工作人員對我們特別客氣，免費供應茶水，還免費供應肥皂，把我們感動得很厲害。那個很胖大的澡堂領導對我們說：同志們，好好洗，認真洗，洗不好對不起人民群眾對子弟兵的一片心意。我們在澡堂子裡一般要耗六個小時，上午九點進去下午三點出來。我們在老兵的帶領下，先到水溫不太高的大池子裡泡，泡透了，爬上來，兩個人一對，互相搓身上的灰。直搓得滿身通紅，好像褪去了一層皮，也的確是褪去了一層皮。搓完了灰，再下水去泡著。泡一會兒，再上來搓灰。這一次是細搓，連腳丫縫隙裡都要搓到。搓完了，老兵同志站在池子沿上，說：不怕燙的、會享福的跟我到小池子裡泡著去。我們就跟著老兵到小池子裡去。小池子裡的水起碼有六十度，水清見底，冒著裊裊的蒸氣。一個新兵伸手試了試，哇地叫了一聲。老兵輕蔑地看了他一眼，說：大驚小怪幹什麼？然後，好像給我們表演似的，他屏住氣息，雙手按著池子的邊沿，閉著眼，將身體慢慢地順到池子裡。他人下了池子，幾分鐘後還是無聲無息，好像犧牲了似的，我們胡思亂想著但是不敢吭氣。過了許久，水池中那個老兵才長長地吐出一口氣，足有三米長。我們在一個忠厚老兵的教導下，排著隊蹲在池邊，用手往身上撩熱水，讓皮膚逐漸適應。然後，慢慢地把腳後跟往水裡放。一點一點地放，牙縫裡嗞嗞地往裡吸著氣。漸漸地把整個腳放下去了。老兵說，不管燙得有多痛，只要放下去的部分，就不能提上來。我遵循著他的教導，咬緊牙關，一點點地往下放腿，終於放到了大腿根部。這時你感到，好像有一萬根針在扎著你的腿，你的眼前冒著金火花，兩個耳朵眼裡嗡嗡地響。你一定要咬住牙關，千萬不能動搖，一動搖什麼都完了。你感到熱汗就像小蟲子一樣從你的毛孔裡爬出來。然後，在老兵的鼓勵下，你一閉眼，一咬牙，抱著死也不怕的決心，猛地將整個身體浸到熱水中。這時候你會百感交集，多數人會像火箭一樣躥出水面。老兵說，意志堅定不堅定，全看這一剎那。你一往外躥，等於前功盡棄，這輩子也沒福洗真正的熱水澡了。這時你無論如何也要狠下心，咬住牙，你就想：我寧願燙死在池子裡也不出來了。這時你可能感到有萬枝鋼針在給你針灸，你的心臟跳動得比麻雀心臟還要快，你的血液像開水一樣在你的血管子裡循環，你汗如雨下，你血裡的髒東西全部順著汗水流出來了。過了這個階段，你感到你的身體不知道哪裡去了，你基本上不是你了。你能感覺到的只有你的腦袋，你能支配的器官只有你的眼皮，如果眼皮算個器官的話。連眼皮也懶得睜開。你這時說可以閉上眼睛，把頭枕在池子沿上睡一覺吧。即便是這樣死了，你也挺幸福是不是？在這樣的熱水中像神仙一樣泡上個把小時，然後調動昏昏沉沉的意識，自己對自己說：行了，伙計，該上去了，再不上去就泡化了。你努力找到自己的身體，用雙手把住池子的邊沿，慢慢地往上抽身體，你想快也快不了。你終於爬上來了。你低頭看到，你的身體紅得像一隻煮熟的大龍蝦，散發著一股新鮮的氣味。澡堂中本來溫度很高，但是你卻感到涼風習習，好像進了神仙洞府。你看到一根條凳，趕快躺下來。如果找不到條凳，你就隨便找個地方躺下吧。你感到渾身上下，有一股說痛不是痛，說麻不是麻的古怪滋味，這滋味說不上是幸福還是痛苦，反正會讓你終生難忘。躺在涼森森的條凳上，你感到天旋地轉，渾身輕飄飄的，有點騰雲駕霧的意思。躺上半小時，你爬起來，再到熱水池中去浸泡十分鐘，然後就到蓮蓬頭那兒，把身體沖一沖，其實沖不沖都無所謂，在那個時代裡，我們沒有那麼多衛生觀念。洗這樣一次澡，幾乎有點像脫胎換骨，我們神清氣爽，自覺美麗無比。

過了十幾年，我到北京上學、工作，雖然是身在首都，但要洗一次澡還是不容易。譬如在軍藝上學期間，每週澡堂開一次。因為要講究衛生，取消了水池子，全部改成了淋浴。總共十幾個蓮蓬頭，全院數百個男子，只能是有人洗，有人在一邊等。暖氣燒得又不熱，把人凍得像猴似的。好不容易洗完了澡，再冒著寒風、踩著滿地的煤灰走回宿舍，連一點美好的感覺也找不到了。從那時我就想：將來如果有了錢或是有了權，我要做的第一件事就是在自己家裡修一個澡堂子，澡堂子裡有一大一小兩個水池子，一天二十四小時都有熱水，大池子裡的水比較熱，小池子裡的水特別熱。據說我黨的許多領導人喜歡坐在馬桶上辦公，我如果成了什麼領導人，一定要泡在澡堂子裡辦公，辦公桌就浮在水面上。開會也在澡堂裡開，大家一邊互相搓著背，一邊討論，那樣肯定能夠比較坦誠相見，許多衣冠楚楚時解決不了的問題也就容易解決了。有好幾次我接受記者採訪，他們問我最大的理想是什麼，我說就是將來在家修個澡堂子，天天能洗熱水澡。

又過了將近十年，我的家中安裝了燃氣熱水器，基本上解決了洗熱水澡的問題，但這離我的理想還相差甚遠。在熱水器下洗完澡，總是感到浮皮潦草，一點都不深刻，沒有那種脫胎換骨的感覺。我理想的、我嚮往的、我懷念的還是縣城裡那種有熱水池和超熱水池的大澡堂子，如果要修一個私有的這樣規模的大澡堂並能日日維持熱水不斷，我的錢還遠遠不夠，我的權更是遠遠不夠。我這樣的人這輩子是當不上什麼官了，所以指望著利用職權來為自己修一個大澡堂子的可能性是不存在的，只有寄希望於我能寫出一部暢銷書，賣了幾千萬本，收入了億萬元的版稅，那時，我的大澡堂子就可以興建了。到時候歡迎各位到我家來洗澡，咱們一邊洗澡一邊談論文學問題，那該是多麼幸福的生活啊！

# 我與酒

三十多年前，我父親很慷慨地用十斤紅薯乾換回兩斤散裝的白酒，準備招待一位即將前來為我爺爺治病的貴客。父親說那貴客是性情中人，雖醫術高明，但並不專門行醫。據說他能用雙手同時寫字——一手寫梅花篆字，一手寫蝌蚪文——極善飲，且通劍術。酒後每每高歌，歌聲蒼涼，聲震屋瓦。歌後喜舞劍，最妙的是月下舞，只見一片銀光閃爍，全不見人在哪裡。這位俠客式的人物，好像是我爺爺的姥姥家族裡的人，不惟我們這一輩的人沒有見過，連父親他們那一輩也沒見過。爺爺生了膀胱結石——當時以為尿了螞蟻窩——求神拜佛，什麼法子都用過了，依然不見好轉。痛起來時他用腦袋撞得牆壁嘭嘭響，讓我們感到驚心動魄。爺爺的哥哥——我們的大爺爺——是鄉間的醫生，看了他弟弟這病狀，高聲說：「沒有別的法子，只好去請『大咬人』了，輕易請不動他，但我們是老親，也許能請來。」大爺爺說這位「大咬人」喜好兵器，動員爺爺把分家分到他名下的那柄極其鋒利的單刀拿出來，作為進見禮。爺爺無奈，只好答應，讓父親從梁頭上把那柄單刀取下來。父親解開十幾層油紙，露出一個看上去很粗糙的皮鞘。大爺爺抽出單刀，果然是寒光閃閃，冷氣逼人。據說這刀是一個太平軍將領遺下來的，是用人血餵足了的，永不生鏽，是否能在匣中呼嘯，我們不知道。大爺爺把單刀藏好，騎上騾子，揹上乾糧，搬那「大咬人」去了。「大咬人」自然就是那文能雙手書法、武能月下舞劍的奇俠。父親把酒放在窗台上，等著「大咬人」的到來。我們弟兄們，更是盼星星盼月亮一樣盼著他。

盼了好久，也沒盼到奇人，連大爺爺也一去無了蹤影。爺爺的病日漸沉重，無奈，只好用小車推到人民醫院，開了一刀，取出了一塊核桃大的結石，活了一條命。等爺爺身體恢復到能下河捕魚時，大爺爺才歸來。騾子沒有了，據說是被強人搶去了。身上的衣服千絲萬縷，像是在鐵絲網裡鑽了幾百個來回。那柄單刀竟奇蹟地沒丟，但刀刃上崩了很多缺口，據說是與強人們格鬥時留下的痕跡。奇俠「大咬人」自然也沒有請到。我們的這位大爺爺，自身也是個富有浪漫精神的遊俠，傳說他曾隻身潛入日本人的軍營，偷出一匹像大山一樣巍峨的洋馬。他本想用這匹洋馬改良家鄉的馬種，但偷出來才發現是匹騸過的馬。他還很會扶乩，扶出過「東風息，波瀾起」這樣費解的話語。他也是極善飲的，會與好友在墳墓間做豪飲，一夜喝了十二斤酒，大醉了三日方醒。

「大咬人」沒來，爺爺的病也好了，那瓶白酒在窗台上，顯得很是寂寞。酒是用一個白色的瓶子盛著的，瓶口堵著橡膠塞子，嚴密得進不去空氣。我經常地觀察著那瓶中透明的液體，想像著那芳香的氣味。有時還把瓶子提起來，一手攥著瓶頸，一手托著瓶底，發瘋般地搖晃，然後猛地停下來，觀賞那瓶中無數的紛紛搖搖的細小的珍珠般的泡沫。這樣猛烈搖晃之後，似乎就有一縷酒香從瓶中溢發出來，令我饞涎欲滴。但我不敢偷喝，因為爺爺和父親都沒捨得喝，如果他們一時發現少酒，必將用嚴酷的家法對我實行毫不留情的制裁。

終於有一天，當我看了《水滸傳》中那好漢武松一連喝了十八碗「透瓶香」、手持哨棒、踉踉蹌蹌闖上景陽崗與吊睛白額大蟲打架的章節後，一股豪情油然而生。正好家中無人，我便用牙咬開那瓶塞子，抱起瓶子，先是試試探探地抿了一小口——滋味確是美妙無比——然後又惡狠狠地喝了一大口——彷彿有一團綠色的火苗子在我的腹中燃燒，眼前的景物不安地晃動。我蓋好酒瓶子，溜出家門，頭重腳輕、騰雲駕霧般跑到河堤上。我嗬嗬怪叫著，心中的愉快無法形容。就那樣嗬嗬地叫著在河堤上跑來跑去。抬頭看天，看到了傳說中的鳳凰；低頭看地，地上奔跑著麒麟；歪頭看河，河裡冒出了一片片荷花。荷花肥大如笸籮的葉片上，坐著一些戴著紅肚兜兜的男孩。男孩的懷裡，一律抱著條金赤尾的大鯉魚……

從此，我一得機會便偷那瓶中的酒喝。為了防止被爺爺和父親發現，每次偷喝罷，便從水缸裡舀來涼水灌到瓶中。幾個月後，那瓶中裝的究竟是水還是酒，已經很難說清楚了。幾十年後，說起那瓶酒的故事，我二哥，嘿嘿的笑著坦白，偷那瓶酒喝的除了我以外還有他。當然他也是喝了酒回灌涼水。

我喝酒的生涯就這樣偷偷摸摸的開始了。那時候真正的饞呀，村東頭有人家喝酒，我在村西頭就能聞到味道。有一次，竟將我一個當獸醫的堂叔家的用來給豬打針消毒用的酒精偷著喝了，頭暈眼花了好久，也不敢對家長說。

長到十七、八歲時，有一些赴喜宴的機會，母親便有意識地派我去，是為了讓我去飽餐一頓呢，還是痛飲一頓呢，母親沒有說，她只是讓我去，其實我的二哥更有資格去，也許這就是天下爹娘向小兒的表現吧。有一次我喝醉了回來，躺在炕上。母親正在炕的外面擀麵條，我一歪頭，吐了一麵板。母親沒罵我，默默地把麵板收拾了，又舀來一碗自家做的甜醋，看著我喝下去。我看到過許多妻子因為丈夫醉酒而大鬧，由此知道男人醉酒是讓女人極厭惡的事，但我幾乎沒看到過一次母親因兒子醉酒而痛罵的。母親是不是把醉酒看成是兒子的成人禮呢？後來當了兵，喝酒的機會多起來，但軍令森嚴，總是淺嘗輒止，不敢盡興。我喝酒的高潮是寫小說寫出了一點名堂之後，時間大約是一九八六——一九八九年。這時，老百姓的生活水平有了很大的提高，官場上喝酒已經算不上腐敗現象。每次我回故鄉，都有赴不完的酒宴。每赴一次官宴，差不多都是被人扶回來。這時，母親憂慮地勸我不要喝醉。但我總是架不住別人的勸說，總感到別人勸自己喝酒是人家瞧得起自己，大有受寵若驚之感，不喝就像對不起朋友一樣。而且，每每三杯酒下肚，便感到豪情萬丈，忘了母親的叮囑和醉酒後的痛苦，「李白鬥酒詩百篇」、「人生難得幾次醉」等等壯語在耳邊轟轟的迴響，所以，一勸就乾，不勸也乾，一直乾到醜態百出。

一九八八年秋天的一個晚上，我與縣裡的一班哥們喝酒，一口氣喝了四十二杯白酒，外帶十幾扎啤酒。第二天上午去酒廠參觀，又喝了剛燒出來還沒勾兌的熱酒半鐵瓢。中午又陪著一個記者喝了十幾杯。當天下午，人們把我送到縣醫院，又是打吊針，又是催吐，搶救了大半天。這次醉酒，使我的身體受到了很大的傷害，在以後的很長一段時間裡，一聞到酒味就噁心。從此喝酒謹慎了，但幾杯酒下肚後，往往故態復萌，但醉到入院搶救的程序再也沒有過。小時候偷酒喝時，心心念念地盼望著：何時能痛痛快快地喝一次呢？但八〇年代中期以後，我對酒厭惡了。進入九〇年代，胃病大發作，再也不敢多喝。有一段時間，乾脆不喝了，無論你是多麼鐵的哥們，無論你用什麼樣的花言巧語相勸，也不喝。這樣儘管傷了真心敬我的朋友的心，也讓想灌醉我看我洋相的人感到失望，我自己的自尊心也受到損傷，但性命畢竟比別的更重要。不喝酒就等於退出了酒場中心，冷眼觀察，旁觀者清，才發現了酒場上有那麼多的名堂。在某種意義上，酒場成了幹部們的狂歡節，成了勾心鬥角的戰場。飲酒有術，勸酒也有方。那些層出不窮的勸酒詞兒，有時把你勸得產生一種即便明知杯中是耗子藥也要仰脖灌下去的勇氣。在酒桌上，幾個人聯手把某人灌醉了，於是皆大歡喜，儼然打了一個大勝仗。富有經驗的酒場老手，並不一定有很大的酒量，但卻能保持不醉的紀錄，這就需要飲酒的技術，這所謂的技術其實就是搗鬼。有時你明明看到他把酒杯子乾了個底朝天，其實他連一滴也沒喝到肚裡。酒場搗鬼術名堂繁多，非有專門家研究不可。我漸漸地感到，中國的酒場，已經成了罪惡的淵藪；而大多數中國人的飲酒，也變成了一種公然的墮落。尤其是那些耗費著民脂民膏的官宴，更是洋溢著王朝末日奢靡之氣，巨大的浪費，扭曲的心態，齷齪的言行，拙劣的表演，嘴上甜言蜜語，腳下使絆子，高舉著酒杯裡，似乎都盛著鮮血。與我有同感者多乎哉！但百姓的憤怒屁用也不管。酒廠如雨後春筍般往外冒，鋪天蓋地酒廣告，酒的廣告費高到令老百姓瞠目結舌的程度。錢從哪裡來？又到哪裡去？還有那些假酒、毒酒、迷魂酒。酒酒酒，你的名字叫腐敗；你的品格是邪惡。你與鴉片其實沒有什麼區別了。

我曾寫過一部名叫《酒國》的長篇小說，試圖清算一下酒的罪惡，喚醒醉鄉中的人們，但這無疑是醉人作夢，隔靴搔癢。酒已經成為中國官場的潤滑劑，如果不從根本上解決問題，大概也就真正成為酒國了吧？只有天知道！

我最近又開始飲酒，把它當成一種藥，裡邊胡亂泡上一些中藥，每日一小杯，慢慢地啜。我再也不想去官家的酒場上逞英雄了，也算是不惑之年後的可圈可點的進步吧。

# 吃事三篇

## 一、吃的恥辱

吃人嘴短的意思很明白，僅僅有這點意思那簡直不算什麼意思。我的意思是吃人一棵胡蘿蔔所蒙受的屈辱怕用一棵老山參也難清洗。

我傻瓜一樣混進了首都北京之後，恨不得見了個動物就齜牙表示友好，但北京的動物凶猛程度是地球一流的，哪怕是條渾身污垢的野狗，也比外省的狗要神氣許多。那汪汪的吠聲裡無法掩飾地透露出一些皇城根兒的味道。話說那一年，在一家又髒又破的似乎是純種老北京人開辦的冷麵館子裡，蒼蠅橫飛，老闆娘黏膩，一頭眼角生眵的狗伏在所謂的櫃台邊上看我。我誠惶誠恐地把一塊肉片扔給牠，我的意思是說：「狗啊，不要仇視我，我知道北京是你們的北京，你很討厭我們這些外地土鱉混來，給你一塊肉，不要仇視我，我暫時居留在此，隨時都會回去。」狗汪地叫了一聲，好像我把一顆炸彈扔在牠面前一樣。老闆娘怒沖沖地說：「幹什麼？幹什麼？吃飽了撐得難受是不？個崩鴨子挺的傻×一樣看你那操行欠戳！」我心裡想這北京人的語言怎麼都是從褲襠裡派生出來的？北京人怎麼這樣橫？北京人怎麼這樣八國聯軍一樣不講理？我餵他們的狗吃肉是表示友好啊！這時從裡邊走出一個統治著北京胡同的典型形象的男子，那口與褲襠的關係十分密切的北京土話說得如同爆豆一樣，他說這位狗是從法國運回來的，純種，名種，價值起碼十萬元。這樣的狗不能隨便餵，這樣的狗吃的是配方飼料，維生素、蛋白質是有數的，多一點不行，少一點不可以，你亂給牠肉吃，非打亂了牠的內分泌不可。這還是位狗嗎？我感到肚子都要氣破了。那位狗就憑著那個死樣也配從法國進口？我們村垛旮旯裡那些野狗也比牠模樣俊秀許多倍。於是我說：「不要嚇唬鄉下人，不過是癩皮狗一條。」哎喲我的親娘，這句話一出口，等於用火鉤子燙了老虎的屁股，那男人目放凶光逼上來，那女人抃著屁股喊：「解放，你替我把這小子放了血吧！」

我很害怕，按照宰殺牲畜的一般順序，放血之後應該是燒開水屠戮毛羽，然後是卸去頭腳，開膛破肚，摘出下貨，然後掛起來賣。也許明天早晨，也許明天中午，也許明天晚上，在醬肉的盤子裡，在油炸的丸子裡，在串羊肉的扦子上，就有了我的身體的一部分。想到此，脊梁骨一陣冰涼，哪裡還有心吃什麼冷麵，站起來，貼著牆邊，點著頭哈著腰，嘴裡一連串兒糟踐著自己，跑了。

回到宿舍，愈想愈感到窩囊，於是便有兩行狗尿一樣的淚水從眼裡流出來。怨誰？怨自己，誰讓你去吃什麼冷麵呢？躲在屋裡煮包方便麵不就行了？為了不讓賣方便麵的北京服務小組心煩，你可以豁出去一次買上五十袋，把罪攢起來受了就行了。正想著呢，一個朋友進來，說你流什麼淚呢？北京缺水，眼淚雖少也是自來水變成的。我一想有理，咱外地人來了北京，事事都要小心著，要哭回山東哭去，在北京要哭可以，別喝北京的自來水你就哭。

朋友把我請去吃飯，吃了一盤胡蘿蔔絲，吃了一盤粉絲，吃了一盤什麼肉忘了。吃完了，感動得我要命：心想，吃人點滴，永世也不要忘。

隔了幾天，一群朋友聚會，我為一句什麼話把請我吃飯的朋友得罪了，於是那朋友便咬著牙說：「你的良心讓狗吃了！前幾天，我去香格里拉飯店買了西班牙產的胡蘿蔔，去長城飯店買了美國加州的醬小牛肉，還用上了我爸爸出訪蘇聯帶回來的波羅的海魚子醬，吃得你小子滿嘴流油，一轉眼你就忘了。那些小牛肉還沒有消化完吧？」

我感到渾身冰涼，真是悔之莫及，我恨不得把自己這張作孽的嘴用膠布封了算了。你當年吃煤塊不也照樣活嗎？你去吃人家那胡蘿蔔粉絲幹什麼？實在饞了你去買一麻袋胡蘿蔔吃成隻兔子也花不了二十塊錢，你吃了人家那點東西，你就得承受人家的侮辱。

我這人最大的毛病就是沒記性，像狗一樣，記吃不記打。當時咬牙切齒地發狠，過不了幾天就忘了。又有一個朋友請我去吃飯，上了一只煤球爐子，爐子上放了一口鍋，鍋裡放了十幾隻蝦米，一堆白菜，還有一些什麼肉忘了。吃著吃著我的凶相又畢露了。那朋友就說：「看，又奮不顧身了！」

一句話把我的肚子涼透了，因為吃人家的東西所蒙受的恥辱一樁樁一件件湧上心頭。我怎麼這樣下賤？我怎麼這樣沒出息！你自己去下個館子，老老實實地，吃了屈也不吱聲地花上幾十塊錢吃一頓不就行了嗎？你想怎麼吃就怎麼吃！你想多兇惡就多兇惡地吃。你吃光了肉把盤子也舔了也沒人嘲笑你。你自己經常忘了自己的身分，你忘了你是一個鄉巴佬，人家那些人從根本上沒把你當個人看，有時候找你玩，那就像天鵝有時要了解水鴨子一樣。我發誓寧願餓死也不吃人家的東西了。我發誓萬不得已與朋友在一起聚餐時一定要奮不顧身地搶先付帳，我付帳，我吃得多你們就不會嘲笑我了吧？

有一次去吃烤鴨，吃了一半時我就搶著把帳付了。幾個貴種都十分高雅地填飽了那些寶紋雕成的胃袋後，桌上還剩了許多，這時農民的下賤心理又在我心中發作了，多可惜呀，這鴨，這餅，這醬，這蔥，多吃一點吧，我就多吃。這時，那位人說：「瞧瞧莫言，非把他那點錢吃回來不可！」我感到臉上火辣辣的，好像挨了一頓耳刮子一樣。人家還說我：「你們說他的飯量為什麼那麼大？他為什麼吃的那樣多？要是中國人都像他一樣能吃，中國早就被他吃成水深火熱的資本主義了！」

我這才悲哀地明白了：這世界上的事情早就安排好了，該著受侮辱的命，頭戴著皇冠也脫逃不了的。

前年春節回家，我把這些年在北京受到的屈辱對爹娘說了。娘說：「我就不信，人活一口志氣，再去吃宴時，臨行前你先吃上四個饅頭，喝上兩大海碗稀粥，上了筵席，還能做出那副餓死鬼的相來？」

回北京後，遵循母親的教導，上了筵席，果然不猴急了，吃得溫良恭儉讓，像英國王室裡的廚子一樣，我等待著大家的表揚，可是一人說道：「瞧瞧莫言那個假模假事的樣兒！好像他只用兩只門牙吃飯就能吃出一個賈寶玉來似的！」

眾人大笑，食欲大增，那匹人說：「人還是本色些好，林黛玉也要坐馬桶！」

「娘啊，簡直是沒有活路了。」我對我娘說。

我娘說：「兒啊，認命吧！命中該受什麼，就得受什麼。」

我說：「娘啊，咱們一大家人，就單單我因為吃忍辱負重，半輩子人了，這種狀況還沒改變。」

娘說：「兒啊，你這算什麼？娘在六〇年裡，偷生產隊的馬料吃，被李保管吊起來打，當時想，放下來乾脆一頭碰死在樹幹上算了。可等到放下來時，還不是爬著回了家。你大娘去西村討飯，討到麻瘋的家裡，見過堂裡一張飯桌，桌上一只碗，碗裡半碗吃剩的麵條，麻瘋病人吃剩的麵條，髒不髒？但你大娘撲上去就用手挖著吃了，還生怕被人家看見罵！你受這點委屈算什麼委屈？娘分明地看到你一天比一天胖起來了，不享福，如何胖？兒啊，你這是享福，不要身在福中不知福！」

我仔細地思考著娘的話，漸漸地心平氣和了。是啊，所謂的自尊、面子都是吃飽了之後的事情，對於一個餓得將死的人，一碗麻瘋病人吃剩的麵條，是世間最寶貴的東西。當然也有寧願餓死也不吃美國麵粉的人，但人家是偉人。如我這種豬狗一樣的動物，是萬萬不可用自尊啦、名譽啦這些狗屁玩意兒來為難自己的。

## 二、吃相凶惡

在我的腦袋最需要營養的時候，也正是大多數中國人餓得半死的時候。

我常對朋友們說，如果不是飢餓，我絕對要比現在聰明，當然也未必。因為生出來就吃不飽，所以最早的記憶就與食物有關。那時候我家有十幾口人，每逢開飯，我就要哭一場。我叔叔的大女兒比我大幾個月，當時都有四、五歲光景，每頓飯奶奶就分給我和這姊姊每人一片霉爛的薯乾，而我總認為奶奶偏心，把大一點的薯乾搶過來，把自己那片扔過去，搶過來又覺得原先分給我那片大，於是再搶回來。一搶兩搶，嬸嬸的臉便拉長了，姊姊也哭了，我當然一直是雙淚長流。母親無可奈何地嘆氣，奶奶便數落我的不是。母親便連聲陪不是，抱怨我肚量大。說千不該萬不該生這麼大肚子兒。

吃完了那片薯乾，就只有野菜團子了。那些黑色的、扎嘴的東西，吃不下去，又必須吃，一邊吃一邊哭。究竟是靠著什麼營養長大的？我怎麼能知道。那時想：什麼時候能飽飽地吃上一頓紅薯乾子呢？能吃飽紅薯乾就心滿意足了。

一九六〇年春天，在人類歷史上恐怕也是一個黑暗的春天。能吃的東西似乎都吃光了，草根、樹皮、房簷上的草。村子裡幾乎天天死人。都是餓死的。起初死了人親人還嗚嗚哇哇地哭著到村頭土地廟裡去註銷戶口，後來就哭不動了。抬到野外去，挖個坑埋掉了事。很多紅眼睛的狗在旁邊等待著，人一走，就扒開坑吃屍。據說馬四從他死去的老婆腿上割肉燒著吃，沒有確證，因為很快馬四也死了。糧食，糧食都哪裡去了呢？糧食都被誰吃了呢？村裡人也老實，餓死也不會出去闖蕩。後來盛傳南窪那種白色的土能吃，便都去挖來吃。吃了拉不下來，又死了一些人。於是不敢吃土了。那時我已經上學。冬天，學校裡拉來一車煤塊，亮晶晶的，是好煤。有一個生癆病的杜姓同學對我們說那煤很香，愈嚼愈香。於是我們都去拿著吃。果然愈嚼愈香。一上課，老師在黑板上寫，我們在下邊嚼煤，咯咯崩崩一片響。老師說你們吃什麼，我們一張嘴都烏黑。老師批評我們：煤怎麼能吃呢？我們說：香極了，老師不信吃塊試試。老師是女的，姓俞，也餓得不輕，臉色蠟黃，似乎連鬍子都長出來了，餓成男人了。她狐疑地說，煤怎麼能吃呢？有一個女生討好地把煤遞給俞老師，俞老師先試探著咬了一點，品滋味，然後就咯崩崩地吃起來了。她也說很香。這事兒有點魔幻，我現在也覺著不像真事。但去年我見到王大爺說這事，王大爺說：你們的屎填到爐子裡呼呼地著呢。幸虧國家發了救濟糧來，豆餅，每人半斤。奶奶分給我們每人杏核大一塊，嚼著，捨不得嚥，捨不得嚥就沒了，好像在口腔裡化掉了。我家西鄰的孫家爺爺，把兩斤豆餅一氣吃下去，口渴、喝水，豆餅發開，胃和腸子破了，孫家爺爺死了。十幾年後痛定思痛，母親說那時人的腸胃薄得像紙一樣，一點脂肪也沒有。大人有水腫，我們一班小孩都挺著個水罐一樣的大肚子，肚皮似乎透明，綠色的腸子在裡邊也蠢蠢欲動。都特別能吃，五、六歲的孩子，一次能喝八大碗野菜湯。

後來生活好了一點，能半年糠菜半年糧了。我叔叔又走後門買了一麻袋棉籽餅，放在缸裡，我夜裡起來小解，也忘不了去偷摸一塊，拿到被窩裡吃，香極了。

村裡的牲口都餓死了，在生產隊裡架起大鍋煮，一群群的孩子嗅著煮死物的味道在鍋邊轉。有一個叫「運輸」的大孩子領著我們唱歌：

罵一聲劉表好大的頭，
你爹十五你娘十六，
一輩子沒撈到飽飯吃，

嘰嘰喳喳啃了些牛羊骨頭。

手持棍棒的大隊長把我們轟走，一轉眼我們又嗅著味來了，在大隊長的心裡我們比蒼蠅還討厭。

趁著大隊長上茅房，我們撲上去。我三哥搶了一隻馬蹄子，捧回家去，像寶一樣。點一把火，燎掉蹄上的毛，剁開，放鍋裡煮。煮熟了喝湯，那湯味道鮮美無比，至今難忘。

「文革」期間，依然吃不飽，我便到生產隊的玉米田裡去找一種玉米上的菌瘤，掰下來，拿回家煮了，撒上鹽，拌蒜吃，也是鮮美無比，味道好極了。

後來又聽人說，癩蛤蟆的肉味比豬肉還要鮮美，母親嫌髒，不許我去捉。

生活漸漸好起來，紅薯乾能管飽了，這時已是「文革」後期了。有一年，年終結算，我家分了二百九十元錢，這在當時是個令人吃驚的數字。我記得我一個六嬸把我的一個堂妹頭打腫了，因為她丟了一角錢。分了那麼多錢，父親下決心割了五斤豬肉，也許更多一點，煮了，每人一碗，我一口氣就把一大碗肥肉吃下去了。還覺不夠，母親又把她碗中的分給了我。吃完了，胃承受不住，一股股的葷油往上湧，嗓子眼像被刀割著一樣疼痛，這就是吃肉的感覺了。

我的饞是有名的，只要家裡有點好吃的，我千方百計地要偷點吃，有時吃著吃著就控制不住自己，吃多了，剩下的乾脆吃掉，豁出去挨罵就是。我的爺爺和奶奶住在嬸嬸家，要我送飯給他們吃，我總是利用送飯的機會揭開飯盒的蓋子偷一點吃，為此母親受了不少冤枉，這事兒現在我還感到深深的內疚。我為什麼會那樣饞呢？這恐怕不完全是飢餓所致，部分的是品質問題。一個嘴饞的孩子，往往都是意志薄弱、自制力較差的人，我就是。

七〇年代中，去水利工地勞動，生產隊用水利糧做大饅頭，半斤乾麵一個，我的紀錄是一頓飯吃四個，有的人能吃六到七個。

一九七六年，我當了兵，從此和飢餓道了別。從新兵連分到新單位時，精粉的小饅頭，我一次吃了八個，肚子裡還有空，但不好意思再吃了。炊事員對食堂管理員說：「壞了，來了大肚子漢了。」管理員笑笑，說：「吃上一個月就吃不動了。」果然，一個月後，拳大的饅頭，我一頓飯只吃兩個就夠了。而現在，一個就夠了。

儘管這些年不餓了，肚裡也有了油水，但一上筵席，總是有些迫不及待，生怕撈不到吃夠似地搶，也不管別人的目光怎樣看著我。吃飽了也後悔：為什麼我就不能慢悠悠地少吃一點呢？讓人覺著我出身高貴、吃相文雅？因為在文明社會裡，吃得多是沒有教養的表現，好多人攻擊我飯量大，吃起飯來奮不顧身啦，埋頭苦幹啦。我感到自尊心很受傷害，便下決心下次吃飯時文雅一點，但下次人家那些有身分的人依然攻擊我吃得多，吃得快，好像狼一樣。我的自尊心更被傷害了。再一次吃飯時我牢牢記著，少吃，慢吃，不到別人面前夾東西吃，吃時嘴巴不響，眼光不惡，筷子拿著最上端，夾菜時只夾一根菜梗或一棵豆芽，像小鳥一樣，像蝴蝶一樣，可人家還攻擊我吃得多吃得快，我氣壞了。因為我努力文雅吃相時觀察到那些攻擊我的公子王孫小姐太太們吃起來像河馬一樣，吃飽了時才文雅。於是怒火便在我胸中燃燒，下一次去吃不花錢的筵席，上來一盤子海參之類的玩意，我端起盤子，撥一半在我碗裡、不顧燙壞口腔黏膜吞下去，他們說我吃相凶惡。我又把盤子裡的全撥來，吃掉，他們卻友善地笑了。

我回想三十多年的吃的經歷，感到自己跟一頭豬、一條狗沒什麼區別，一直哼哼著，轉著圈兒，拱點東西，填這個無底洞。為吃我浪費了最多的智慧，現在吃的問題解決了，腦筋也不靈光了。

## 三、忘不了吃

數年前曾寫過篇有關吃的小文章，一篇題名〈吃相凶惡〉，一篇題名〈吃的恥辱〉。原本是為應付約稿隨筆塗鴉，沒想發表之後，竟被幾個江南才子當著我的面劈頭蓋臉一陣誇獎，弄得我暈頭轉向，不辨真假，回來就發揚「小車不倒只管推」的精神，繼續吃下去，準備一直吃到倒胃口為止。我也清楚這等雞零狗碎的破事不值得寫，我也很想寫點高雅的東西，我也很想讓自己的文章透出一點貴族氣息或是進步氣息，但烏鴉怎能叫出鳳凰的聲音？禿鷹怎能走出仙鶴的舞步？那麼，請正人君子原諒，請與我同志者笑讀，咱這就開吃。

「吃」字拆開，就是「口」和「乞」，這個字造得真是妙極了。我原以

「吃」是「喫」的簡化，查了《辭海》，才知「喫」是「吃」的異體。口的乞求，口在乞求，一個「吃」字，饑的意思有了，餓的意思有了，下賤的意思也有了。想這造「吃」字的人，必是個既窮又餓的，如果讓林黛玉或是劉文彩造這個字，不會是現在這樣子。因為他們一天到晚都腹脹得難受，應該是食物乞求他們的口：小姐呀，老爺呀，求求你們吃掉我們吧。由此可見，語言文字確實是有階級性的，不僅僅是些抽象的符號。——忽然記起，某人給某報寫創刊某某週年的賀詞時，竟把這張報紙稱為「妳」，原來報紙也分公母，真是妙極了。

言歸正傳：話說文化大革命剛剛結束的時候，我在單位聽領導傳達中央文件，文件的內容是一位中央首長的講話，講話的主要內容是國人的吃飯問題。首長說人人都有一個口，張口就是一個洞，十億人民齊張口，想想是個多大的洞吧，大概比天安門廣場還要大，你說可怕不可怕！我們領導借題發揮道：如果說這些口都是些櫻桃小口，倒進去一茶盅米湯便能灌滿，問題也還不算十分嚴重，可這些口偏偏以魯智深、豬八戒式居多，三大海碗米湯灌進去只是個半飽，所以呀，我們領導說：在今後很長一段時間內，對絕大多數中國人來說，吃飽，還是飢餓，就成為一個問題。

現在還是不是一個問題？

將來會不會成為一個問題？

上邊所寫，東拉西扯，就算是一個「帽」吧，進入正文，還是要寫我的「吃」史。頻頻談我，令人生厭，生厭就生厭，我也沒辦法，你吃白麵餅，我吃山藥蛋。山藥蛋真是一種雅俗共賞的美好食物，皇上愛吃百姓也愛吃，燒著好吃煮著也好吃，煎著好吃熬著也好吃，山藥蛋哦，你的名字叫美麗！哦，山藥蛋，多少謊言假借了你的名字，如果你就是土豆的話。話分兩頭，拋下這土豆咱暫且不說，還是說我：截至到目前為止，我已經活了四十二歲，換言之，已經吃了四十二年。儘管我好用工筆寫文章，但要我把這四十二年裡塞到肚子裡的東西全部羅列出來，那我就去吃耗子藥拉倒，因此我只能擇其要者而記之。

孔夫子說「食色性也」，應該是對成年人而書。對小孩子來說，「色」還不成為問題（西方人被佛洛依德得早熟另當別論）。對我這樣的人來說，二十歲以前，「色」也不是一個重要問題，因為從我有記憶力起，就一直飢腸轆轆。這樣說很可能又要招致一些好漢們的痛罵，給我扣上一頂「給社會主義抹黑」的大帽子。但事實如此，餓肚子既不光榮也不美好，何必假造。但有沒有炫耀「苦難」的意思呢？有，的確是有，這是我跟著你們學的。

我生於一九五五年，那是新中國的第一個黃金時代。據老人們說，那時還能吃飽肚皮。但好景不長，很快就大躍進了，一躍進就開始挨餓。我記得最早的一件事是跟著母親去吃公共食堂。端著盆子提著罐，好幾個村的人擠在一起排隊，領一些米少菜多的稀粥，很少有乾糧。我記得我家鄰居的一個男孩把一罐稀粥掉在地上，罐碎粥流。男孩的母親一邊打著那男孩一邊就哭了。男孩高喊著：娘哎，別打了，快喝粥吧！他忍著打趴在地上，伸出舌頭，舔地上的粥吃。他說，娘，快喝，喝一點賺一點。他的母親，聽了他的話，跪在地上，學著兒子的樣子，舔粥吃。在場的人，無不誇獎男孩聰明，都預見到他的前途不可限量。果然是人眼似秤，那當年的男孩，現在已是我們村的首富。他靠養蟲致富。養蠍子，養知了猴，養豆蟲，高價賣給大飯店和公家的招待所。他看準了有錢的人和有權的人嘴巴愈來愈尖，口味愈來愈刁，他們拒絕大魚和大肉，喜歡吃奇巧古怪，像可愛的小鳥。眼光就是金錢。他說下一步要訓練貴人們吃棉鈴蟲。

公共食堂垮台後，最黑暗的日子降臨了。那時不但沒飯吃，連做飯吃的鍋都沒有了。好多人家用瓦罐煮野菜。我家還好，大煉鋼鐵期間我從廢鐵堆裡揀了一個日本兵的破鋼盔戴著玩，玩夠了就扔到牆旮旯裡。祖母就用鋼盔當了鍋。瓦罐不耐火，幾天就炸；弄得灰飛煙滅，狼狽不堪。我家的鋼盔係精鋼鑄造，傳熱快捷，堅硬無比，不怕磕碰，不怕火燒，真是一件好寶貝。祖母用它煮野菜，煮草根，煮樹皮，煮了一盔又一盔，像餵小豬一樣餵著我們兄弟姊妹，度過了可怕的饑饉之年。

很多文章把三年困難時期寫得一團漆黑，毫無樂趣，這是不對的。起碼對孩子來說還有一些歡樂。對飢餓的人來說，所有的歡樂都與食物相關。那時候，孩子們都是覓食的精靈，我們像傳說中的神農一樣，嘗遍了百草百蟲，為擴充人類的食譜做出了貢獻。那時候的孩子，都挺著一個大肚子，小腿細如柴棒，腦袋大得出奇。我是其中的一員。我們成群結隊，村裡村外的覓食。我們的村子外是望不到邊的窪地。窪地裡有數不清的水汪子，有成片的荒草。

那裡既是我們的食庫，又是我們的樂園。我們在那裡挖草根挖野菜，邊挖邊唱，邊吃邊唱，部分像牛羊，部分像歌手。我們是那個時代的牛羊歌手。我難忘草地裡那種周身發亮的油螞蚱，炒熟呈赤紅色，撒上幾粒鹽，味道美極了，營養好極了。那年頭螞蚱真多，是天賜的美食。村裡的大人小孩都提著葫蘆頭，在草地裡捉螞蚱。我是捉螞蚱的冠軍，一上午能捉一葫蘆。我有一個訣竅：開始捉螞蚱前，先用青草的汁液把手染綠，就是這麼簡單。油螞蚱被捉精了，你一伸手牠就蹦。我猜牠們很可能能聞到人手上的味道，用草汁一塗，就把味道遮住了。牠們的彈跳力那麼好，一蹦就是幾丈遠。但我的用草汁染綠了的手伸出去牠們不蹦。為了得到奶奶的獎賞，我的訣竅連爺爺也不告訴。奶奶也不告訴。奶奶那時就搞起了物質刺激，我捉得多，分給我吃的也就多。螞蚱雖是好東西，但用來當飯吃也是不行的。現在我想起螞蚱來還有點噁心。

吃過螞蚱，不久就是夏天。夏天是食物最豐富的季節，是我們的好時光。六〇年代雨水特別多，莊稼大都澇死。窪地裡處處積水，成了一片汪洋。各種魚從天上掉下來似的，品種很多，有的魚連百歲的老人都沒有見過。我捕到一條奇怪的魚。牠周身翠綠，翅尾鮮紅，美麗無比。此魚如養在現在的魚缸裡，必是上品，但吃起來味道腥臭，難以下嚥。窪地裡的魚雖多但飢餓的人比魚還要多，那時又沒有現在這麼先進的捕魚工具，所以後來要捕到幾條魚也就不容易了。捕不到魚，也餓不死我們。我們從水面上撈浮萍，水底撈藻菜，熬成鮮湯喝。所以老人說，水邊上餓不死人。

秋天是收穫的季節。魚蝦不多照樣有，又有螃蟹橫行來。秋風涼，豆葉黃，蟹腳癢。成群結隊的螃蟹沿河下行，爺爺說牠們要到海裡去產卵，我認為牠們更像去開什麼會議。螃蟹形態笨拙，但在水中運動起來，如風如影，神鬼莫測，要想擒牠，絕非易事。要想捉螃蟹，必須夜裡去。身披蓑衣，頭戴斗笠，手提馬燈，悄悄前行，最忌咋呼。我曾跟著六叔去捉過一次螃蟹，神祕新奇，趣味無窮。白天，六叔就看好了地形，用高粱稭在河溝裡扎上一道柵欄，留上一個口子，在口子上支上一個口袋網。夜氣濃重，細雨朦朧，身體縮在大蓑衣裡，耳聽著窸窸窣窣的聲音，藉著昏黃的燈光看著螃蟹的大隊沿著柵欄爬上來……這樣的經歷終生難忘。螃蟹好吃，但捨不得吃。將牠們用細繩綁成一串，讓牠們吐出團團泡沫，噼哧噼哧的細響著。把牠們提到集上去，三分錢一隻賣給公社幹部，換來錢買些霉高粱米、棉籽餅什麼的，磨成粉，摻上野菜，能頂大事兒。過苦日子，絕不能貪圖嘴巴痛快，要有意識的給嘴巴設置障礙、製造痛苦。

秋天，草籽成熟。最好吃的草籽是水稗的種子。這東西很像穀子，帶著殼磨碎，做成窩頭蒸熟，吃到嘴裡嚓嚓響，很是精采。

秋天好吃的蟲兒很多，除了形形色色的螞蚱，還有蟋蟀。深秋的蟋蟀黑得發紅，肚子裡全是子兒，炒熟了吃，有一種奇異的香氣。捉蟋蟀比捉螞蚱難度大一些，這蟲兒不但蹦得好，還會鑽地洞。還有一種蟲兒，現在我知道牠們的名叫金龜子，是蠐螬的幼蟲，像杏核般大，全身黑亮，趨光，晚上往燈上撲，俗名「瞎眼撞」。這蟲兒好驟群，停在枝條或是草棵上，一串一串的，像成熟的葡萄。晚上，我們摸著黑去擼「瞎眼撞」，一晚上能擼一麵口袋。此蟲炒熟後，那滋味又與蟋蟀和螞蚱大大的不同。還有豆蟲，中秋節後下蟄。此物下蟄後，肚子裡全是白色的脂油，一粒屎也沒有，全是高蛋白。

進入冬天就慘了。春夏秋三季，我們還能搗弄點草木蟲魚吃吃，冬天草木凋零，冰凍三尺，地裡有蟲挖不出來，水裡有魚撈不上來。但人的智慧是無窮的，尤其是在吃的方面。大家很快便發現，上過水的窪地地面上有一層乾結的青苔，像揭餅一樣一張張揭下來，放在水裡泡一泡，再放到鍋裡烘乾，酥如鍋巴。吃光了青苔，便剝樹皮。剝來樹皮，用斧頭剁碎、砸爛，放在缸裡泡，用棍子拚命攪，攪成漿糊狀，煮一煮就喝。吃樹皮的前半部分的工序和造紙差不多。從吃的角度來說，榆樹皮是上品，柳樹皮次之，槐樹皮更次之。很快，村裡村外的樹都被剝成裸體，十分可憐的樣子，在寒風中顫抖著。在這危急的關頭，政府不知從哪裡調撥來救濟糧。所謂救濟糧，根本不是糧，而是一些發霉的蘿蔔葉子一類的東西，擠壓成件。現在拿那樣的東西餵豬，豬也不會吃。但在當時確是貨真價實的寶貝。分配時人人都紅著眼，盯著秤桿，一星一點，秤高秤低，都十分計較。這種東西也不是常有的，總是在人們餓得即將停止呼吸時，才會發放一次，可見國家也是相當的困難。發放救濟糧的鐘聲敲響時，連躺進棺村裡的人也會蹦出來。這當然是誇張。那時候，人死得太多，哪裡還有什麼棺材。死了，好歹拖出去，讓狗吃了拉倒。那是狗的黃金歲月，吃死人吃的，都瘋了，見了活人也往上撲。有人可能要說：你們為什麼不去打狗吃呀？狗肉營養豐富，味道鮮美。你問得好，你這念頭，我們早就想到了，可我們腿腫得如水罐，走兩步就喘息不迭，根本不是狗的對手。與其說去打狗，毋寧說去給狗加餐。如果有槍，勾一下扳機的力氣還是有的。但在那種情況下，老百姓手裡要有了槍，什麼樣的壞事幹不出來呢？公社書記和公安員手裡倒是有槍，但他們有糧吃，不必去打狗吃。他們嫌吃死人的狗太髒，提著槍去打野兔、大雁、水鴨子什麼的佐餐。

大概是六一年的春節吧，政府配給我們每人半斤豆餅，讓我們過年。領取豆餅的場面真是歡欣鼓舞的場面。有的人，用衣襟兜著豆餅，一邊往家走，一邊往嘴裡塞。我家鄰居孫大爺，人沒到家，就把發給他家的豆餅全都吃光了。他一到家裡就被老婆孩子給包圍了，罵的罵，哭的哭，恨不得把他的肚皮豁開，把豆餅扒出來。可見愛在飢餓的人群裡，要大打折扣。孫家大爺躺在地上，面如灰土，眼淚汪汪，一聲不吭，任憑老婆孩子撕擄踢打。孫家大爺當天夜裡就死了。他吃豆餅太多，口渴，喝了足有一桶水，活活給脹死了。那時我們的胃壁薄得如紙，輕輕一脹就破了。孫大爺死了，他的老婆孩子，沒掉一滴眼淚。多少年後提起來，孫大奶奶還恨得牙根癢癢，罵老頭子吃獨食，連一點人味都沒有，死不足惜。這次年關豆餅，脹死了我們村十七個人，教訓很深刻。後來我在生產隊飼養室裡餵牛，偷食飼料豆餅時，總是十分節制，適可而止，生怕蹈了孫大爺的覆轍。

那幾年裡，母親經常對我們兄弟講述她的一個夢。她夢到自己在外祖父的墳墓外邊見到了外祖父。外祖父說他並沒有死去，他只是住在墳墓裡而已。母親問他吃什麼，他說：吃棉衣和棉絮。吃進去，拉出來，洗一洗，再吃進去，拉出來，再洗一洗……母親狐疑地問我們：也許棉絮真的能吃？

度過六〇年代初期，往後的歲月還是苦，但比較起來就好多了。文化大革命期間，村裡經常搞憶苦思甜運動，大家一憶苦，總是糊糊塗塗的憶到六〇年。一憶到六〇年，幹部們就跳起來喊口號，一是要打倒蘇修，二是要打倒劉鄧，幹部們說六〇年的饑荒是劉鄧串通了蘇修卡中國人的脖子造成的。我們明知道這是胡說，但誰也不去裝明白。

一直到七〇年代中期，還是不能放開肚皮吃，但比較六〇年那是好多了。我從小飯量大，嘴像無底洞，簡直就是我們家的大災星。我不但飯量大，而且品質不好。每次開飯，匆匆把自己那份吃完，就盯著別人的碗嚎啕大哭。母親把自己那份省給我吃了，我還是哭。一邊哭著，一邊公然地搶奪我叔叔的女兒的那份食物。那時我們尚未分家，一家老小，有十三口之多。在這樣的大家庭裡，母親是長媳，一直忍辱負重，日子本來就很難過，我的無賴，更使母親處境艱難。奪我堂姊的食物吃，確是混帳。我嬸嬸的臉色難看，說出的話像毒藥一樣，一句句都是衝著母親來的。母親只好罵我，向嬸嬸賠禮道歉。這是我一生中最壞的行為，至今我也不能原諒自己。長大後我曾向堂姊說起過此事，她淡然一笑，說不記得了。

母親常常批評我，說沒有志氣。我也曾多次暗下決心，要有志氣，但只要一見了食物，就把一切的一切忘得乾乾淨淨。沒有道德，沒有良心，沒有廉恥，真是連條狗也不如。街上有賣熟豬肉的，我伸手就去抓，被賣肉人一刀差點把手指砍斷。村裡幹部托著一只香瓜，我上去摸了一把，被幹部一腳踢倒，將瓜砸在頭上，弄得滿頭瓜汁。那些年裡，我的嘴巴把我自己搞得人見人厭，連一堆臭狗屎都不如。吃飽了時，我也想痛改前非，但一見好吃的，立刻便恢復原樣。長大後從電視上看到鱷魚一邊吞食一邊淚流的可惡樣子，馬上就聯想到自己，我跟鱷魚差不多，也是一邊流淚一邊吃。在家裡如此，出去也如此。我去偷拔人家的蘿蔔，被抓住，當著數百名民工的面，向毛主席的畫像請罪。我去生產隊的花生地裡偷扒剛種下的花生吃，中了藥毒，差點要了小命——花生米是用劇毒農藥浸泡過的。至於偷瓜摸棗，更是常事。有時被捉住，有時捉不住。被捉住就挨頓揍，捉不住就如同打了一個大勝仗。有一次我去偷鄰村的西瓜，被看瓜人發現，那愣頭青端起土炮就摟了火，胡通一聲巨響，驚天動地，打倒了一片玉米，嚇得我屁滾尿流。想跑，腿挪不動，被人家當場活捉，用土炮押送到學校去，成了轟動學校的新聞。與吃有關的噁心經歷窩囊事，撇句文話那真叫罄竹難書。這幾年在遠離家鄉的地方，偶爾也敢人模狗樣一下，但一回家鄉，馬上就像一條挨了痛打的狗，緊緊地夾起尾巴，生怕一翹尾巴引起鄉親們的反感，把我小時候那些醜事抖摟出來。

有人硬說我對軍隊沒有感情，這是讓我不能接受的。掛在嘴上的感情多半虛假，藏在心裡的才有質量。我當兵之後才真正填飽了肚子，有了一些人的尊嚴，就衝著這一點，也不敢對軍隊沒有感情。當兵臨走前，村裡的幾個復員兵給我傳授他們在部隊積累的寶貴經驗。他們說：如果吃麵條，第一碗撈半碗，連吹帶攪和，涼得快，吃得也快。吃完這半碗，再去狠狠地盛來冒尖一碗，慢慢地吃。如果第一碗就盛得很滿，等你吃完再去撈時，鍋裡就只剩下湯水了。如碰上吃米飯，萬萬不可咀嚼，北方兵一咀嚼，南方兵就發笑，我到了部隊，才發現那些復員兵純粹胡說八道。新兵連生活差一些，分到新單位，簡直就是上了天堂。我們那單位，只有十幾個人，卻種了五十多畝地，每年種兩季，一季小麥，一季玉米。小麥磨成精粉（我們只吃精粉），玉米用來餵豬。你就想想我們那單位的生活吧。戰友的父親們來隊吃了幾天，感嘆不已，道：什麼共產主義？這就是了。我從新兵連下到新單位，第一頓吃了八個饅頭，自覺不好意思，更怕給領導造成不良印象，影響了進步，才意猶未盡地住了嘴。就這樣也把炊事班長嚇了一跳，跑去向管理員匯報情況，說管理員大事不好了！管理員說有什麼大事不好了，難道鬼子又進了村子嗎？炊事班長說鬼子倒是沒進村，但是來了幾個新兵，個個都是飯桶，吃得最少的那個，一頓飯還吃了八個饅頭。管理員說我就怕他們不能吃，能吃的兵必能幹，不能吃的也不能幹，我們的糧食大大的有。明天就給我殺豬，給這幾個小子油油腸子。第二天果然宰了一頭大肥豬，切成拳頭大的塊兒，紅燒了半鍋。饅頭是新蒸的，白得像雪花膏似的，豬肉燉得稀爛，入口就會融化。啥叫幸福？啥叫感激涕零？啥叫欣喜若狂？這就是了。這頓飯吃罷，我們幾個新兵，走起路來都有些搖搖晃晃，吃豬肉吃醉了。我個人的感覺是肚腹沉重，宛若懷了一窩豬崽。這一頓真正叫過癮。二十年來第一次，就此逝世也不冤枉。但後遺症很大，我整夜在球場上遛達，一股股的葷油像小蛇一樣，沿著喉嚨往上爬，嗓子眼像被小刀子割著似的。第二天還是大白饅頭紅燒肉，我們開始羞羞答答，挑揀瘦肉吃，吃起來也有些文質彬彬了。管理員罵道：原以為來了幾條梁山好漢，卻原來也是些鬆包軟蛋。

又過了幾十年，當我成了所謂的「作家」之後，在一些筵席上，又吃到了螞蚱、蟋蟀、豆蟲等昆蟲，又吃到了當年吃壞了胃口的野草、野菜，滿桌的雞鴨魚肉反而無人問津。村裡的首富，竟是一個養蟲的專業戶。我想，怪不得哲人們說兩極相通，原來餓極了和飽極了都要吃草木蟲魚，就像北極和南極都是冰天雪地一樣。

# 雜感十二題

## 一、瀟灑如同流感

據《辭海》說，瀟灑就是「灑脫，毫無拘束」。但實際生活中，我們對瀟灑的理解要比《辭海》的解釋寬泛得多。台灣電視連續劇《京城四少》的主題歌〈何不瀟灑走一回〉唱遍了大江南北以後，瀟灑更成為人們嘴邊上掛著的話。尤其是那些發了一點小財的，混上了一個小官的，泡上了一個小妞的，更是說也瀟灑，唱也瀟灑，醒也瀟灑，醉也瀟灑。一時間大家都瀟灑得很嚴重，好像感冒流行一樣。但流行的東西總是來去匆匆，這幾年人們就把瀟灑漸漸忘卻，沉重的表情籠罩著更多的臉，可見原先的瀟灑並不是真瀟灑。

我想瀟灑其實是一種心態，一種對待生活的態度，一種減輕壓力的方式，在某種意義上也可以說是一種阿Q精神，骨子裡的瀟灑也許有，但是不會很多。經過訓練，或是摹仿，用一種拿得起放得下的方式處理自己的物質生活和感情生活，這也算瀟灑，儘管未必出於本性，但還是大有利於個人和社會。因此我覺得即便是偽裝瀟灑也還是一件好事，值得提倡。當然這裡也有誤區，即便是偽裝瀟灑也還是需要一定的文化層次，也還是需要一定的精神境界。不是有了錢就必定瀟灑。有了錢想瀟灑就能瀟灑的。有一些窮得不名一文的人，也許是瀟灑的大師。

我曾在一個朋友的引導下，去見過號稱京城最瀟灑的人。這人的最輝煌的瀟灑業績就是在某高級飯店和老外比賽摔進口的高級名酒——自然是每瓶數千元的——走一步摔一瓶，從一樓摔到三樓——真正是一步千金——據說那老外摔到二樓就敗下陣去——這也可算作民族的勝利——但我見了這個著名的瀟灑人物後，只覺得他那副暴發戶的嘴臉可惡可厭。他濁氣逼人，俗不可耐；連偽瀟灑都不是，是小人得志。但他身邊那幾個小蜜嗲嗲地對我說：莫作家，好好寫寫我們老總吧，他是天下最瀟灑的男人。

真正的瀟灑人物有沒有呢？現代很少有；古代有，但也瀟灑得不甚徹底。試舉幾例為證：三國時東吳的大都督周瑜，其瀟灑是出了名的，你看他在群英會上設計騙那蔣幹時，真是談笑風生，揮灑自如，縱酒放歌，絕對瀟灑。周瑜的瀟灑得之於他的資質風流。儀容秀麗，能文能武，還精通音律，「曲有誤，周郎顧」。他是瀟灑人物的經典類型。但他為了一個荊州，氣得吐血，就不夠瀟灑。周有一個憨厚的朋友魯肅，為人慷慨大度。周向他借糧，他家只有兩囤米，但是他毫不猶豫地指著其中一囤說：這一囤歸你了。魯肅的瀟灑是一種大智若愚的瀟灑，一種傻乎乎的瀟灑，這也是一般人學不了的。但魯肅也是三番五次去討要荊州，可憐巴巴的，被諸葛亮當猴耍，也就不瀟灑了。諸葛亮頭戴綸巾，手搖羽扇，動不動還要撫上一會瑤琴，好像也很瀟灑，但他的瀟灑太表面，表演的成分太多，有點裝神弄鬼，其實他是最不瀟灑的，沒出山時就天天研究天下大勢，為出山做準備，讓劉玄德三顧茅廬，顯得有點過戲。出山後殫精竭慮，鞠躬盡瘁，事無鉅細，親自動手，別人做他不放心，最後活活累死。一個瀟灑的人是不會、也不必這樣的。

連周瑜、魯肅、諸葛亮這樣的著名人物都瀟灑得不夠徹底，那還有什麼人瀟灑呢？且聽下回分解。

## 二、花子瀟灑接窮神

怎麼樣才算真瀟灑？上次未能說明白，這次接著說。大概而言，真瀟灑就是要看破世情，明白地球很小，宇宙很大；要明白人生短暫，像早晨掛在草尖上的露珠；眼所見、耳所聞、身所歷的一切，都是比過眼雲煙還要短暫的東西。當然真要達到這種境界，也很可怕。那樣的話，歷史就不能發展，社會就不能進步，人生就沒有目標，大家一齊出家去做和尚、尼姑。都做了和尚也不徹底，因為和尚也還是要吃飯的。如果都是和尚尼姑，那必然的還是讓他們和她們結婚，否則就斷了人種，還瀟灑個什麼勁。所以即便是我說的真瀟灑，也還是相對而言、比較而言。

要做到相對瀟灑也很難，但也不是難於上青天。在榜樣的表率下，我們還是有可能向瀟灑狀態進步。

我要說的瀟灑榜樣有兩個，一個是唐代的大詩人李白，一個是晉代的大文人阮籍。李白的故事大家都能說出幾個，就像他的詩大家都能背出幾句一樣。他起初是一點也不瀟灑的。他年輕時醉心仕途，說難聽點就是個官迷。

而人一旦迷上了當官，就絕對瀟灑不起來了。想當官的人必須不要臉不要皮，必須丟掉自尊和人格，必須像李白說的那樣：「低眉彎腰事權貴，使我不得開心顏」，你想開顏，就別想當官，這個問題一點也沒得商量。李白低眉彎腰事過權貴，寫「雲想衣裳花想容」這樣的肉麻詩詞拍皇帝小老婆的馬屁，想藉此撈個官做。可惜皇帝不買他的帳，只賜他個翰林供奉，無職無權，形同弄臣。這與李先生的胸襟抱負相去太遠，使他不得開心顏。於是他滿懷著牢騷，沉浸到酒鄉裡去了。這既是借酒澆愁，又是裝瘋賣傻。從此沾染上喝酒的壞毛病，成了不折不扣的酒鬼。起初是半真半假，到後來弄假成真，酒癮養成，一天沒有酒不行了。醉著的時候漸漸的比清醒的時候多了，由此也就進入了瀟灑狀態。那些偉大的詩篇也就寫出來了。當然也沒醉到不省人事的程度。杜甫說他「天子呼來不上船，自言臣是酒中仙」，還是詩人的誇張，其實李白不敢這樣狂。真是天子呼他，他不敢不上船，除非他醉得喪失了意識。吃不到葡萄就說葡萄酸，稍稍昇華一點，就成了瀟灑的低級狀態。李白比這要高許多，因為他是天才。

阮籍在喝酒裝瘋方面是李白的老師。因為魏晉之際政治比盛唐時要黑暗許多，所以阮籍酒精中毒的程度也比李白要深許多。魯迅先生在他的名著《魏晉風度與文章及藥與酒的關係》裡對阮先生的行狀有精采的描繪，譬如一醉三月不醒，譬如死了母親面無悲悽之色，照樣喝酒吃肉，而當弔唁的人走了，卻大哭數聲，吐血一斗。當然他三月不醒其實是很清醒；面無悲色其實心中很悲痛。他的瀟灑的確是裝出來的，不如此隨時都可能腦袋搬家。在這種情況下，保命變成第一要事，所以他不會追求虛榮，也不會貪圖名利。從這個意義上講，瀟灑也是逼出來的。

我記得小時候曾聽說一個大年夜接窮神的故事。那時刻所有的人家都是接財神，唯有一個叫花子接窮神回家過年。他想，我已經窮到沿街乞討了，「窮到要飯不再窮」，大家都去接財神，留下窮神多孤單，我就把他接回來過年吧。於是他公然接窮神，令眾人刮目相看。他也由此進入瀟灑境界。所以，也可以說，一個人的生活狀況到了某種極端狀態，也就虱子多了不癢癢，離瀟灑半步之遙了。

## 三、雙腳踩遍滿城花

第一篇開宗明義我即說過：瀟灑是一種精神狀態，是一種對於人生和自然的覺悟。第二篇我想說明的是：有些瀟灑是逼出來的，瀟灑也是一種無奈。我們可以舉出很多例子，從古到今。但有沒有天生具有的瀟灑呢？有。

在民國初年，我們村子裡就出了一個這樣的瀟灑人物。他還是我們家的遠房親戚呢。這個人出身農民家庭，大字不識一個，但是他天生成一種寧靜的心態和超越時空的智慧。我爺爺很認識他，我所知道的有關他的瀟灑傳說都來自我爺爺之口。爺爺說：王大化那人不是人，不是人是什麼？是神。爺爺說有一次王大化去趕集，買了一個大盆，揹在背上。走到離家不遠的橋頭上，有一個淘氣小子，一頭撞在那盆上，匡浪一聲響，把個大盆碰得稀碎，瓦片嘩啦啦地掉在橋石上。爺爺說大家都為王大化鳴不平，齊聲喊打，把個小淘氣嚇得小臉乾黃。可人家王大化先生筆直地往前走，連頭也不回，好像背後什麼事情也沒發生一樣。有人喊：王大化，你的盆破了！王大化依然不回頭。爺爺說，事後有人問王大化知不知背上的盆破了，大化說知道。那人納悶道：知道為什麼不回頭？大化道：既然已經破了，回頭有什麼用？

還有一個瀟灑人物，也是民國初年的人。他的名叫王錫范，字叫劍三。時人稱為劍三先生。這人與我們家也有點瓜蔓子親戚，我爺爺要稱呼他表叔。我爺爺的哥哥十幾歲時曾在他家當過小聽差，耳聞目睹了許多有關劍三先生的瀟灑事蹟，這些事蹟透過大爺爺的口進入我的耳、進入我的腦，成為我的精神財富。我曾以劍三先生為模特寫過一篇題名〈神嫖〉的小說，發表在台灣的《聯合文學》上。

話說那年春節，一向不近女色的劍三先生莫名其妙地動了凡心，吩咐下人們去找煙花女子。下人們問找幾個，劍三先生說把全城的都給我拉來。下人們看著劍三先生瘦弱的身體，偷笑不止。於是都興奮得不行，撲向煙花巷，把小城裡的妓女不論老少妍媸一共二十八名全部裝上車拉回劍三先生的家。當城裡人家燒香擺供祭祀祖宗時，劍三先生家的大客廳裡，卻點上了數十根比胳膊還要粗的大紅蠟燭，照耀得滿廳通明，如同白日。客廳的方磚地上，鋪上了猩紅地毯；客廳四角上，安上了四個大炭盆，炭火熊熊，烘烤得房間裡溫暖如春。婊子們吃飽喝足後，就漱口刷牙，重整粉面，等著伺候劍三先生。那些下人們更是抓耳撓腮，等待著看劍三先生行樂。他們心裡都在猜測，劍三先生要用什麼樣的方式來消受這二十八個妓女呢？劍三先生在書房裡喝酒唸詩，好像忘了這碼事。看看夜色漸深，城裡過年的鞭炮響成了一片。婊子們打起呵欠，下人們也有了倦意。有一個下人去問劍三先生婊子們如何處理，劍三先生說，讓她們脫了衣服等著。婊子們嘻嘻哈哈地樂著，把身上的綾羅綢緞脫下來，赤裸裸的二十八條身子，四仰八叉躺了滿廳。這時，劍三先生端著一個大酒杯晃晃蕩蕩地來了。他甩掉鞋子，赤著腳，一邊喝著酒，一邊踩著女人們的肚皮走了一圈。然後說：給她們每人十塊大洋，送她們回去。

這是典型的對待女人的中國方式，瀟灑出了仙風道骨，但也可以作別樣的理解。

## 四、寬衣大袖自風流

粗粗的一想，瀟灑其實是一個男性專用詞。誇獎女子的首選詞應該是：

美麗、性感。再一想，瀟灑與衣著有著密切的關係。一個泡在澡堂裡的漢子，無論他是如何的不得了，也很難說他瀟灑。又一想，瀟灑好像和西裝革履沒有什麼關係。西裝筆挺，革履鮮明，只能給人以嚴肅、板整的印象，跟瀟灑沾不上邊。瀟灑和飄逸的聯繫很密切，和寬鬆的聯繫也很密切。瀟灑可以是柳樹但絕不可以是松樹。飄逸和寬鬆又和長袍的聯繫很密切。於是我馬上就想起了五四時期的郁達夫、戴望舒等人，儘管這些人穿過西裝革履。另外瀟灑好像和高挑的身材與清瘦的面容聯繫很密切，一個大腹便便的男子無法用瀟灑來形容。現代社會中瀟灑的男人愈來愈少，會不會與服裝的演變有關係呢？

滿清一朝，瀟灑的人物比較少。你看他們的官服，不寬鬆的袍子外邊再套上一件緊身的馬褂，袖口又弄成個緊巴巴的馬蹄狀，腦袋上再扣上一頂痰盂似的帽子，帽子上還要插上兩根野雞毛翹翹著，典型的一副小丑打扮。在這樣的包裝下，無論多麼瀟灑的靈魂也被禁錮得沒了生氣。穿上這樣的服裝只能彎腰駝背做出奴才相，連林則徐也瀟灑不起來。

明朝的服裝比清朝寬鬆，瀟灑人物就多一些。第一瀟灑的自然是開國皇帝朱元璋。他做的詩打破常規，無拘無束，堪稱天下第一：一片兩片三四片，五片六片七八片，天地茫茫一大片，風雪梅花俱不見。他還在開國的大典上跟大臣們說：伙計們，咱原本是趁火打劫，沒承想弄假成真。他隨口謅出一首詩就把詩的嚴肅性給消解了；他隨便一句話就把皇帝的神聖性給否定了。明朝的第二個瀟灑人物也許是唐伯虎。他喜歡畫美人，他畫的美人都很豐滿，這是盛唐的審美觀。他躲在桃花塢裡畫美人，根本沒去點什麼秋香。他如果點過秋香，就變成了凡夫俗子。

歷史上最瀟灑的時代當數魏晉，那時候的衣服最為寬大。人們只披著一件大袍子，裡邊不穿任何內衣。睡覺時也不脫。按魯迅先生的說法，他們喜穿肥大衣服是因為吃那種熱量很大的神仙藥，令皮膚燥熱發癢，衣服瘦了搔癢不方便。又因為長期不換衣服，招了虱子，於是就有了捫虱而談的瀟灑形狀。當然魏晉時文人的瀟灑與黑暗的政治有關，但也不能說與寬大的服裝無關。

春秋戰國時最瀟灑的是楚人，你看那出土帛畫上的楚國男子形象，那真是寬衣博帶，衣袖猶如鼓蕩起來的風帆。穿上這樣衣服的男兒真是飄飄欲仙，隨時都可能化為大鳥，飛升到雲頭上落腳。屈原認為這樣的衣服還不夠瀟灑，他認為最瀟灑的衣服應該是：「制芰荷以為衣兮，集芙蓉以為裳」，不但寬鬆，而且滑爽；不但清涼，而且芬芳。穿上這樣的神仙八卦衣，你不想瀟灑也得瀟灑。

瀟灑當然要有內在的氣質，讓一個原來雞腸小肚的人穿上道袍，他還是瀟灑不起來。但我想總會比他穿著緊身衣時瀟灑一些。我發現凡有瀟灑氣質的人沒有喜歡穿緊身馬甲的，他們都喜歡寬衣大袖。他們偉大的肉體一如他們偉大的靈魂，是不願意受到任何束縛的。如愛因斯坦穿著睡衣逛大街，毛澤東穿著肥大的棉衣，一邊拉開褲腰捉虱子，一邊與美國記者縱談天下大勢。

## 五、狼吞虎嚥英雄相

吃是人類最低級、最重要的本能之一。為了吃，人們才辛勤勞動，努力工作；也是為了吃，奴隸才甘於忍受皮鞭和枷鎖。在為了延續生命這個低級層次上，吃與瀟灑是沒有什麼聯繫的。要想吃得瀟灑，前提是肚子基本上不餓——英雄除外。現代的人們，尤其是發達社會裡比較富裕的人們，他們的吃，往往不是因為肚子餓，而是因為習慣和交往的需要，醉翁之意不在酒，吃飯之意不在飯。所以他們或是她們的吃，都帶上了濃厚的表演色彩和商業色彩。

有兩種瀟灑的吃，一曰武吃；一曰文吃。武吃武瀟灑；文吃文瀟灑。

先說武吃。西漢人司馬遷先生在他的名著《史記》中寫著：項羽設下鴻門宴，想藉機殺了劉邦。正在危急之時，樊噲帶劍擁盾闖入軍門。一進大帳即瞪眼逼視項羽，「頭髮上指，目眥盡裂」，項羽按著劍跪直了身子驚問：你是幹什麼的？張良說：他是沛公的參乘樊噲。項羽說，壯士！賜之卮酒！項羽的手下人搬給樊噲一大斗酒，想藉機整治他。樊噲彎腰謝罷項羽，隻手接過斗酒，一仰脖子，咕嘟咕嘟就喝了下去。項羽說賜給他豬腿！手下的人故意找了條半生不熟的豬腿搬到他的面前。樊噲把手中的盾扣在地上，接過豬腿放在盾上，拔劍砍著豬肉，一陣狼吞虎嚥，將偌大一條豬腿吃得只剩下骨頭。樊噲看起來是在吃肉，實則是藉吃示威。劉邦能從鴻門宴上逃脫了性命，與樊噲這頓大吃不無關係。

《水滸傳》中的好漢武松，在上景陽崗打虎之前，吃了三角牛肉，喝了十八碗「透瓶香」，如果沒有這一頓大吃大喝，只怕他要被老虎吃掉。武松同一陣營的弟兄，如魯智深、李逵等人，也都是武吃的模範。魯智深大鬧山門，一個人吃了半條狗。李逵更野，一次燒吃了假李逵兩條腿。他們吃相凶惡，豺狼饕餮，不講文明，不講禮貌，動不動還要掀桌子打人。但為什麼我們不厭惡他們反而欣賞他們呢？答案很簡單：因為他們是英雄。胡吃海塞是他們英雄行為的重要組成部分，沒有這一部分，英雄就不是英雄。常人貪吃是下賤，英雄貪吃是瀟灑。

再說文吃。文吃的行為一般發生在大家小姐身上。如《紅樓夢》裡的林黛玉，每頓飯吃一條蟹子腿，再多吃一根豆芽菜就說吃撐了。當然林黛玉是小說中人物，不是真人實事。但我們相信生活中確有林黛玉式的嬌小姐。再比如中國一個有名的作家，自言每天吃幾粒松子，喝幾口泉水，像小鳥一樣生活。林黛玉是女性文吃的代表；這作家是男性文吃的代表。公子王孫這種吃法是瀟灑；暴發戶或破落戶子弟這種吃法就是做作。

還有一種半文半武的瀟灑吃法。譬如晉朝的大書法家王羲之，他的兄弟們為了能被當朝宰相選中做女婿，都打扮得衣冠楚楚，有的看書，有的寫字，唯有他躺在東邊的床上吃烙餅。宰相慧眼識英傑，一眼就把他看中了。

## 六、雨夜與小狐狸同床共枕

人的一生中，半數的時間是在睡眠中度過。有的人睡得還要多一些；有的人可能睡得少一些。總之，睡覺與吃飯一樣是人生的重要內容也是重要問題。能睡得瀟灑是人生的一大幸福。失眠是人生一大痛苦。所謂睡得瀟灑就是睡得香、睡得甜、睡得沉、打雷放炮也驚不醒。

人要想睡得瀟灑，第一要頭腦簡單。你看那些初生嬰兒吃了就睡，睡醒了再吃，吃飽了再睡，為什麼能這樣呢？因為他腦子裡沒有那些亂七八糟的事。我們小時都這樣，都經歷過睡得瀟灑的幸福歲月。但長大後，如果再像嬰兒那樣啥也不想，那我們就成了弱智或是白痴。不想事是不可能的，為了睡得瀟灑一點，我們要盡量少想一點事。

要想睡得瀟灑，第二是不做或盡量少做虧心事。俗話說得好：心中無閒事，不怕鬼叫門。這所謂的閒事，就是虧心事。這一條對職業強盜、職業流氓、職業奸商等等職業性的壞蛋是不起作用的，他們是上帝派下來專幹壞事、藉以點綴社會、與好人形成反差的，就像《水滸傳》裡那個天殺星李逵，是上帝專派下來殺人的一樣。他們如果失眠，絕不會是因為幹了一件壞事，而很可能是幹了一件好事。毛澤東有一段著名的語錄：「一個人做點好事並不難，難的是一輩子做好事，不做壞事。」把這句話反過來說好像也有道理：一個人做點壞事並不難，難的是一輩子只做壞事，不做好事。好人偶爾做了一件壞事，只要不是故意的，只要是存心改過，也就不必念念在心放不下，影響瀟灑的睡眠。

要想瀟灑地睡眠，第三是要出大力流大汗。很少聽說拉人力車的失眠，很少聽說挖煤的工人失眠，也很少聽說白日揮汗如雨的農夫睡不著覺。我沒在城裡拉過洋車，但在村裡當過多年的農夫，深知田裡苦做了一天之後，晚上摸不著炕頭的滋味。什麼睡前洗腳、刷牙呀，在農夫的詞典裡沒有這些詞。

什麼蚊子、跳蚤，全不在乎。扔下飯碗，一頭栽到炕上，立馬就進入黑甜之鄉，連個夢也顧不上做。現在的城裡人儘管很少有出大力流大汗的機會，但多做些體力運動對睡覺有好處。

第四條呢，就是要有點阿Q精神，或者說是要向阿Q學習。阿Q他老人家每當在外邊受了什麼委屈，回到土谷祠裡翻來覆去睡不著時，就搧自個兩個耳光。如果挨了別人的打，就說被兒子打了；如果受了富人的侮辱，就說我們先前比你們富得多；然後就獲得了精神上的勝利，香甜地睡過去了。這阿Q精神對達官貴人沒有什麼用處，但對於我們小小老百姓，卻是須臾不可離開的法寶。

除了上述四條之外，肯定還有許多催人入眠的方式和方法。政治家大多是靠安眠藥，有的文人依靠美酒。據說有些孤獨的女人靠自慰……在我的心目中，最佳的睡眠環境應該是：夜深人靜，瀟瀟的秋雨或者霏霏的春雨落在窗前的花葉上。近處是細細的雨打花葉聲；遠處傳來狗的朦朧叫聲。床上是新曬過的、散發著陽光香氣的被褥。桌上一枝紅燭高燒，照耀著一本打開的線裝書。看書到倦時，有體態輕盈、吐氣如蘭的小狐狸精送來一壺滾燙的紹興黃酒，外加一碟花生米，再加一碟豆腐乾。然後欣賞著小狐狸精的明眸皓齒，不知不覺中把酒喝盡。微醺中，與小狐狸精相扶上床，在薄寒中寬衣解帶，然後顛鸞倒鳳，耕雲播雨。再然後，便相擁相抱，沉沉睡去。

這種情景只在《聊齋誌異》裡讀到過，生活中或能一遇，此生無憾矣！

## 七、罵人狀元潘金蓮

人為什麼要罵人？這個看起來不成問題的問題真要完全正確回答實際上也不容易。但要粗略地回答一下也還是能夠的。我想人之所以要罵人，無非是心中憤怒，或是胸有積怨，不吐不快。罵是一種發洩，是一種機體自我保護方式，是一種減輕壓力的調節閥門。罵人幾乎是一種本能。小孩子學說話，正經話教他半天也學不會，唯有罵人的話，沒人教也會，好像無師自通一樣。罵人不是好事，但人生一世，無論是聖賢還是豪傑，從沒罵過一人，從沒吐過一個髒字的人大概還沒有吧？孔夫子罵沒罵過人我們已無法考查，但從他的學生記載下來的有關他的言行的書中，我們知道老先生脾氣挺大，經常對不爭氣、或是辦事說話不如他意的學生大發脾氣，一發脾氣難免就要帶出髒字，所以我猜想聖賢如孔夫子，也罵過人的。古人罵人是怎麼個罵法，我們也不得而知了。孔夫子痛斥他的一個學生是「朽木不可雕也，糞土之牆不可圬也」，用的還是寫詩的方法，比，或是興，不涉及到生殖器與性活動。司馬遷先生在他的《史記》裡也沒記下幾句今天意義上的罵人話，范增被項羽氣得發昏，也不過罵了句：「豎子不足與謀！」「豎子」，據權威的解釋就是「小子」之意，這在今天看來，實在算不上罵人，甚至還有幾分親切。可根據范增的口氣來看，這在當時應是一句罵人很狠的話。而在今日的中國，罵人最狠的話，必是與生殖或生殖器有密切關聯的，所以我懷疑這或許還有另外的解釋。

三國時的人，罵起人來也還是文質彬彬，禰正平裸衣罵曹，洋洋千言，把曹操先生罵得汗流浹背，也沒有涉及生殖器和性活動。最惡的話，也不過說曹操的部下是「飯囊、酒桶、肉袋」，這也不是真正意義上的罵人。諸葛亮罵死王朗基本上是政治攻擊。這絕對是小說家言，不是歷史。想那諸葛亮和王朗都是政治家，在當時那種混亂的社會環境中，不會不明白成則王侯敗則賊的道理，你漢家的天下，不也是從人家手裡搶來的嗎？用那麼一通廢話，怎麼可能把王朗給罵死？如果歷史上真有這麼檔子事，我猜想要麼是王朗該死，該死不罵也死；要麼是諸葛亮用了今天的罵法，日媽日祖宗的一頓胡日。但儒雅風流的諸葛亮絕不會如此下作，所以這事是羅貫中編造的。但不管真假吧，《三國演義》畢竟給我們提供了瀟灑罵人的古典樣板。其實，禰正平和諸葛亮這兩場著名的大罵，十分像我們今天電視台組織的大學生辯論會，雙方都在強詞奪理，心裡邊並不一定真的同意自己捍衛的觀點。

單從書上看，罵人罵得與今天相似的時代，應該是產生《金瓶梅》的時代。罵人的狀元當數潘金蓮。她老人家可不跟你遮遮掩掩，一張口就直奔主題，離不開襠中物和它們的行狀。這些話儘管不是好話，但沒有這些話也就顯不出潘金蓮那個潑勁。當然潘金蓮也不是頂峰。我在鄉下務農時，最喜歡看鄰居的老娘們打架。所謂打架，並不是真動手。基本上是文打，也就是對罵。那時我們那兒家家都有幾間曬糧食的平房，就跟高高的舞台一樣。打架的老娘們在傍晚的夕陽照耀下，站在自家的平台上，開始對罵。罵的內容當然是圍繞著生殖器。她們的天才就在於連續罵上一小時，也不會重複一句話。如果誰重複了，誰就等於失敗了。那時候的我才明白，原來漢語中有那麼多詞彙可以用來修飾生殖器。

後來我來到了北京。原以為京華乃文明首府，居民當如古人，不會罵人。但我很快就明白，有不少北京人張嘴就是「操」、「丫」，真要罵起來，還是那幾句，沒有文采，更沒有風度。甭說比不上我家鄉那些潑大嫂，連潘金蓮都不如。

習慣成自然，聽慣了北京人的髒口，也就覺不到髒：就像他們自己也覺不到他們張口就是那個一樣。

把與某人的女長輩性交當成對某人的最大侮辱，據說這是中國特色；外國人是不是完全不在乎呢？我不知道。這也是一個看似簡單其實相當複雜的問題。這問題涉及道德也涉及文化；涉及歷史也涉及現實；涉及心理也涉及生理。我想，什麼時候人們不把性活動當成侮辱人的最極端手段了，社會就應該會有巨大的進步了。

## 八、人世難逢開口笑

人生一世，誰也不能不笑。即便是個傻子，也要傻笑；即便是個蠢驢，也要蠢笑；即便是個奸賊，也要奸笑；即便是個娼妓，也要浪笑……還有多種多樣的笑：大笑、微笑、苦笑、佯笑、淫笑、皮笑肉不笑……一笑千金。笑一笑十年少。笑面虎。笑裡藏刀。哄堂大笑。彌勒佛笑口常開。大英雄笑傲江湖。大文豪嬉笑怒罵皆成文章……沒有笑就沒有生活，沒有笑也就沒有文學。

小時候看《說唐》，知道了程咬金大笑三聲而死的趣事。

看《三國演義》，曹操兵敗赤壁，率殘兵敗將，逃到烏林地方，見樹木叢雜，山川險峻，乃仰天大笑，眾將不知何故，操說：「吾不笑別人，單笑周瑜無謀，諸葛亮少智。若是我用兵之時，預先在這裡伏下一軍，如之奈何？」一語未了，就聽到一聲砲響，斜刺裡殺出一彪人馬，正是常山趙子龍也。好一陣掩殺，曹操倉皇逃得性命。又往前走一段。曹操又仰天大笑。眾人道：曹丞相又笑什麼？曹操曰：「吾笑諸葛亮、周瑜畢竟智謀不足。若是我用兵，就在這裡伏上一支兵馬，以逸待勞，我等縱然脫得性命，也不免重傷矣！彼見不到此，我是以笑之。」一話未畢，早見四下裡狼煙突起，一彪人馬攔住去路，當先一員大將，正是燕人張翼德。自然又是一陣好殺。曹操狼狽逃竄。逃到華容道上，他又一次仰天大笑，眾人說您就別笑了吧，曹操說：「若是讓我用兵，在這裡伏上一支兵馬，就沒有活路了！」一聲砲響，關雲長來了。

曹操這三笑，是真正的英雄的笑。他把戰爭當成了藝術。他雖然輸了，但是還在為對手的作品不盡完美處感到遺憾。直到三笑笑出了三支兵馬，才消除了他的遺憾。儘管他一敗塗地，但他還能為敵人的完美傑作而喝采，非大英雄難有如此瀟灑的表現。

七〇年代後期，大陸文化開禁，引進了香港電影《三笑》，演義的是唐伯虎點秋香的故事，真令我如醉如癡，連看三遍，連其中的唱詞都能背誦。秋香那三笑，真是巧笑倩兮，美目盼兮，迷死人兮。她的笑容在我的心中留下了深刻的烙印，至今沒有磨滅。女人的笑原來是這般的迷人，是這般的美妙，是這般的具有勾魂攝魄的魔力。

接下來該是清朝人蒲松齡老先生的〈嬰寧〉了。這個小妖精愛笑成癖，動不動就笑得低頭彎腰，不可自制。她笑得毫無來由，毫不做作。一片清純，無比天真。音容笑貌，宛若在眼前。她到底笑什麼？笑世間可笑之事，笑世間可笑之人。

毛澤東說：「人世難逢開口笑，上疆場彼此彎弓月，流遍了，郊原血！」

李白說：「仰天大笑出門去，我輩豈是蓬萊人。」

談笑風生，是古人的風度。進入現代社會後，人們每日為生活奔忙，會笑的人愈來愈少，發自性情的笑、天真無邪的笑、瀟灑風流的笑，漸被做作矯飾的笑、虛偽陰險的笑、苦澀拘謹的笑所代替。男人要不苟言笑，女人要笑不露齒。而且笑有了價錢可以買賣。金錢把笑都給腐蝕了。而今我說：不要那麼多錢財，不要那麼多鬥爭，不要那麼多規矩，不要那麼多科學，不要那麼多文明，讓人們恢復笑聲和笑容，讓人們盡情的笑，開心的笑，毫無顧忌的笑，真誠的笑，瀟灑的笑，這世界會因此而變得比現在更美好。

## 九、洗腳的快樂

在著名的影片《大紅燈籠高高掛》中，導演張藝謀在鞏俐的腳上做了文章。觀眾也許還沒忘記，劇中每個有幸即將陪著老爺睡覺的女人，都要享受捶腳、捏腳的待遇。這圍繞著腳所做的一切，無疑是為即將與老爺進行的性活動做準備。在這部影片裡，腳被賦予了強烈的性象徵。

在古典名著《水滸傳》中，押解林沖去滄州的差人董超和薛霸因為受了林沖仇家的賄賂，沿途變著法兒折磨林沖，其中最惡的一招，就是用滾水給林沖洗腳。燙得林沖叫苦連天，滿腳鼓起燎泡。第二天早晨，又故意給林沖一雙新草鞋穿，把那些燎泡全部磨破，讓林沖的腳血流不止。這裡的洗腳，是苦難的象徵。

著名文學家魯迅先生的日記中，有午休「洗腳」，或是「夜，洗腳」等等和洗腳有關的記載。那些研究魯迅的專家們，誰也沒從這裡讀出疑問來，在他們心目中，洗腳就是洗腳，沒有別的意思。有一個細心的文學批評家李慶西卻從這裡發現了蹊蹺。魯迅先生的日記並不是流水帳，比洗腳重要得多的事情他都不記，為什麼卻要把洗腳這樣的瑣事記進去呢？即便是要記，那也應該天天記，為什麼每隔十天半月才記一次呢？難道先生半個月才洗一次腳？為什麼午休起來還要洗腳？李氏研究了魯迅先生日記時的身體狀況，得出了一個有趣的結論：先生日記中記載的「洗腳」，實際上是性愛的隱語。

前不久，我去長春參加全國書市，會場人多嘈雜，吵得我頭痛欲裂，吃了好幾片去痛片也止不住，趴在床上苦熬著，連晚飯也沒吃。

晚飯後，一個朋友道：「去洗腳吧，洗洗腳，你的頭就不痛了，我敢擔保！」

我們一行四個人，搭上一輛出租車，告訴司機說去能洗腳的地方。司機詭祕的笑笑，說：「老闆放心！」

司機的態度引起了我許多幻想。像我這種沒見過世面的雛兒，總是喜歡想入非非，但一旦要動真格的又沒有那個膽量。司機拉著我們串胡同，天上下著毛毛雨，地上積著一汪汪的污水，車輪把積水濺得斜飛。這個城市的出租車司機都特別野，把車開得像瞎耗子似的，東一頭西一頭地亂闖，開車的不怕，坐車的倒是心驚膽戰。在這樣的夜晚，在這樣的胡同裡，坐著這樣的出租車，怎能不讓人想入非非呢？

在一家燈光昏暗的髮廊前，司機停了車，說：「到了，這家是最好的了。」我們提心吊膽地走進髮廊，立即就有個又肥又黑的女孩子從黑影裡跳出來，宛若一頭黑豹。她說：「哥呀，可把你們給盼來了！」

這是明顯的虛情假意，但我們聽了好像也沒有什麼反感。然後就問我們要什麼樣的服務，我們說洗腳。黑小姐把我們帶進格子間，讓我們躺在床上，然後進來幾個或肥或瘦的女子，每人一個，手把著吊欄踩我們，踩完了，還問舒服不舒服。我說不舒服，這是女權主義運動，把男人打翻在地，再踏上一隻腳嘛！踩完了，便讓我們坐起來，把我們的腳放到一盆水裡，水是醬色的，小姐說水裡有十幾種名貴中藥。泡上十幾分鐘，小姐說好了。然後就讓我們躺下，她們替我們擦乾了腳，然後就在我們的腳上又搓又揉又拉又捏。說不上是痛是瘦還是麻。出門時，我們走得扭扭捏捏，好像古代的千金小姐。

我的頭果然不痛了。

# 十、飲美酒如悅美人

前幾年，為了寫作長篇小說《酒國》，我鑽研了大量的有關釀酒與飲酒的著作，方知看似簡單的酒，其實是一門深奧的大學問。一個人即使傾畢生精力，也不一定把其中的知識窮盡。

在沒寫《酒國》之前，我的飲酒，就像土匪也似，大杯小盞，只管往嘴裡倒，追求的是那種虛假的痛快淋漓、一醉方休的豪氣。自從研究了酒類學著作後，才知道這種飲法是被古代的雅人們鄙稱為「酒豬」的，的確也如醉豬沒有多少區別。真正的飲酒大師，首先要選酒具，然後要選環境，其次要選酒友，當然更要選酒。我們是俗人，不大可能像古人那樣飲出文化和瀟灑，只能是喝得盡量文雅一點、瀟灑一點、好看一點。我們不能也不必太講究。酒具麼，有瑪瑙杯最好，沒有瑪瑙杯用清花瓷杯也可以將就了。關鍵當然還是酒，這是最重要的，否則就像巧婦難為無米之炊。好酒有了，好杯有了，接下來的事情就是開喝了。當然如果要追求完美，最好有一個文心繡口的美貌佳人，坐在你的身旁，露出一雙玉腕，腕上懸著沉甸甸的玉鐲，口中噴吐著蘭麝之氣，替你或是替我把盞。席上像《紅樓夢》裡的薛蟠公子那樣的人也不可少，少了這樣的寶貝就沒有意思了。當然我們不是賈寶玉也不是柳湘蓮，人家都是大雅人，可不敢隨便冒充，隨便冒充要遭人家嗤笑的。好了，現在真正是萬事具備，就等開喝了。這般雅興，行令是不可少的。不過最好的酒令已被寶二爺行了；最調皮的話如「洞房鑽出個大馬猴」之類也被薛大爺說了。萬般無奈，我們只好從日本引進卡拉OK，喝到五迷三道之際，搶過話筒，咧開喉嚨吼幾句，全不管像鬼哭還是像狼嚎。要不就把酒場上流傳的順口溜兒唸上一段，溫柔地揭露一下腐敗也輕鬆地嘲弄一下自己。現在的官家酒場大概也就如此了。

而真正懂酒的人，是從不與人共飲的，就像美人不可分享的道理相似。當然上溯些年頭，把心愛的女人當做禮物送給朋友的例子也很多，好像李白就送給杜甫一個歌女。杜甫因生活困難又把歌女給賣了。李白是喝豪酒的典範，杜甫是喝窮酒的代表。他倆都是大詩人，但在喝酒方面卻算不上高手。真正的大師級品酒高手，品酒時眼裡根本就沒有酒。在他們的眼睛裡，酒就是女人，美酒就是美人。沒開瓶時大師觀賞酒的顏色，如同撫摸美人潤滑的肌膚；開瓶後大師細嗅美酒的氣味，如同親近了美人的芳澤。第一滴美酒入口，就如同親吻了美人的芳唇。然後漸入佳境，所謂酒不醉人人自醉，如沐春風，如坐春雨。達到這種境界後，飲酒的過程就變成了與美人交流的過程。有精神的交流也有肉體的交流，當然更重要的是精神的交流。

我有一個尊敬的老朋友，是某大學釀造系教授，三〇年代即獲美國加利福尼亞大學釀酒學博士。他就是一個以酒為妻、以酒為友的大師。在他的眼裡，抑或說在他的心裡，任何一瓶酒，都是一個活的生命。他對我說：每一滴酒都有自己的尊嚴。你只可尊重她，不可侮慢她；你只能欣賞她，不能褻瀆她。當你在燈光照耀下，舉起盛滿嫣紅酒漿的高腳玻璃杯，當酒漿在杯中閃爍著寶石般的光芒，事實上就等於甚至勝於一個盛裝美女款款而來，這時候你的心應該像天空一樣澄澈，你的靈魂應該像聖子一樣虔誠，你應該感謝上帝，我應該感謝上帝，是他賜給了我們這高貴的液體，就如同把女人賜給男人一樣。

## 十一、世上什麼氣味最美好？

從科學的角度講，氣味也是一種物質。氣味是物質的分子——也許比分子還小——散布在空氣裡，被吸入人的鼻腔，刺激了嗅覺細胞，然後通過末梢神經，傳到腦神經，再由大腦中負責分辨氣味的那部分，把嗅到的氣味分門別類，讓我們得知嗅到的是香是臭或是其他。這個極其複雜的過程其實是在短暫的時間內完成的。味覺的記憶對於某些作家來說，比視覺的記憶、聽覺的記憶、觸覺的記憶還要重要。法國大文豪普魯斯特的不朽鉅著《追憶似水年華》就是從對一種小薄餅的氣味的回憶開始的。當那種特殊的薄餅的氣味在他的口腔和鼻腔內瀰漫開來時，逝去的往昔生活畫面便在他的腦海裡展現開來。

八〇年代初，德國作家徐四金寫了一部著名的小說《香水》，在西方引起過很大的轟動。他在書中寫了一個嗅覺極其發達、對氣味特別敏感的製造香水的天才。無論多麼高貴的香水、無論它用多少種香精配合而成，只要在他的鼻尖下一放，他就能馬上把各種成分以及含量給條分縷析出來。他十分鐘內做的工作，可能要耗費掉一個高級香水調製師終生的精力。他有一句名言——在這個世界上，誰掌握了氣味，誰就掌握了人的心；誰控制了人類的嗅覺，誰就控制了整個世界。他精心研究並改進了當時法國香水製造業從百花和動物油脂中萃取香精的工藝，製造出了許多種轟動一時的名貴香水，與他製造出的香水相比，當時法國同行業製造出的香水，變得一文不值。他為僱用他的香水製造商創造了大量的財富，但他也要了他的僱主的性命。後來，他躲到一個深山洞裡，不吃不喝，像一具僵屍，待了七年。後來，彷彿是在神的感召下，他出了山。有一天晚上，他突然被一陣若有若無的高貴而美好的氣味吸引了。他的心激動得幾乎要停止跳動。夢寐以求的東西就在眼前。彷彿是在魔鬼的引導下，他閉著眼睛，循味而去，好像一條追逐氣味的狗。他穿過大街和小巷，在不知不覺中，進入了伯爵的花園。在那裡，他終於找到了發出香味的源頭：伯爵的十三歲的女兒。他的鼻孔大張著，他的眼睛依然閉著，他一步步逼近了他的獵物。當他站在少女的床前時，他的魚樣的眼泡裡，竟然滿含著眼淚。後來，他又用了兩年的時間，精心鑽研用動物油脂萃取人體氣味的技術，然後利用了他自己沒有氣味的便利將這個最高貴的少女打死，將她身上所有的氣味占為己有。在這之前，他已經殺死了二十四個少女並萃取了她們的氣味。他用二十五個少女的氣味製成了世間最奇異的香水，無論什麼人，只要一嗅到這香水的氣味，愛心便會像大海一樣氾濫成災……

以上所說，儘管是小說家言，但還是有他的道理。據科學家們說，自然界中大概有四十萬種氣味，好聞的和不好聞的各占一半，而在這二十萬種好聞的氣味中，最高貴的、最難合成的，就是妙齡少女的氣味。這是一種鮮嫩如花的氣味，這是一種朝氣蓬勃的氣味，這是一種生命青春的氣味，這是一種象徵著世界未來的氣味。隨著化學和物理的發展，人類已經可以合成幾乎所有的氣味。但人類大概永遠合成不了少女的氣味。

少女猶如含苞待放的花朵，她一旦長大成人，就如鮮花盛開，而盛開的鮮花總是在放出濃香的同時也放出衰敗的氣息。

## 十二、美人不是人

什麼樣的人算美人？每個時代有每個時代的標準，每個民族有每個民族的標準。「情人眼裡出西施」，這說明每個人也有每個人的標準。《詩．衛風．碩人》：「手如柔荑，膚若凝脂，領如蝤蠐，齒若瓠犀，螓首蛾眉。」手指如初生的茅草一樣纖細白嫩，皮膚像凝凍的脂肪一樣潔白柔滑，脖子如天牛的幼蟲一樣白嫩頎長，牙齒如瓠瓜的種子一樣潔白整齊，額頭寬廣光滑如同蟬的腦袋，眉毛修長好似蛾子的觸鬚。接下來還有兩句：「巧笑倩兮，美目盼兮。」儀態生動，神韻飛揚。這大概是最經典的美人描寫，每一個比喻都形象卓越，合起來一個美貌佳人便栩栩如生。一開始便登峰造極，令後人望而卻步。所以宋玉雖然才高八斗，說起他家東鄰那個美人來，也只能是「增一分太長，減一分太短；施朱則太赤，傅粉則太白」。含糊其詞，那美人是個什麼樣子，誰也不知道。樂府民歌描寫美人羅敷也學了宋玉這種偷巧的辦法：「行者見羅敷，下擔捋髭鬚。耕者忘其犁，鋤者忘其鋤。」羅敷到底是個什麼模樣？不知道，你自己去想像吧。舊小說裡寫美人動不動就是「沉魚落雁之貌，閉月羞花之容」，極盡誇張之能事，但美人還是一個抽象的幻影。到了《金瓶梅》、《紅樓夢》的時代，才有一些比較具體的女性肖像描寫，使我們知道林黛玉很瘦、薛寶釵很胖。自從有了照相術，有了電影、電視，我們才可以把天南地北的美女盡收眼底，才可能對她們有了點感性的認識。

什麼樣的女人才算美麗的女人呢？雖然人各有其標準，但大概的同一性還是存在的。美麗的女人身材可以有高有矮，體態可以有胖有瘦，但都應該比較勻稱。當然湯加國的女人以肥為美，是一種特殊的情況；非洲某些部落裡那些紋身、鑽鼻的女人也另當別論。美麗的女人臉型可以圓也可以尖，眼睛可以大也可以小，鼻子可以高也可以低，嘴巴可以闊也可以窄，頭髮可以黃也可以黑，但總是要和諧。所謂和諧，也就是要看著順眼，起碼是看著比較順眼。

看著順眼是美麗女人的最低標準，這樣的女人是成群結隊的。尤其是現代物質生活豐富，現代化妝術的進步，大多數的女人都能把自己收拾得讓人看著順眼。如果要從這成群的美女中選出幾個超級美人，也就是國色天香，選擇的標準就不僅僅是和諧或是順眼了。恰恰相反，從美人群裡選美的標準也許是不和諧。確切點說，就是要選擇有鮮明特點的女人作美人。這特點當然不是生理缺陷。大家可以想想鞏俐曾經有過的虎牙，蘇菲亞．羅蘭那張大嘴和那副厚唇。燕瘦環肥，都是令人難忘的特點。宋玉〈登徒子好色賦〉中所描寫的那個一切都恰到好處的女人，其實算不上什麼美人，起碼不是現代意義上的美人。

因為職業的關係，我也算看了不少文學作品，讓我難忘的女性形象，不是貂蟬也不是西施，而是我們山東老鄉蒲松齡先生筆下的那些狐狸精。她們有的愛笑，有的愛鬧，個個個性鮮明，超凡脫俗，不虛偽，不做作，不受繁文縟節束縛，不食人間煙火，有一股妖精氣在飄灑洋溢。你想想那幾個世界級名模吧，她們那冶豔的眼神，像人嗎？不像，像什麼？像狐狸，像妖精。所以我說真正的美人，全世界也沒有多少，她們不能下廚房，也不能縫衣服。我認為跳孔雀舞的楊麗萍算一個可以與蒲松齡筆下的狐狸精媲美的小妖精，她在舞台上跳舞時，周身洋溢著妖氣，仙氣，唯獨沒有人氣，所以她是無法摹仿，無法超越的。

# 馬蹄

從新開闢的旅遊勝地索溪峪山下的「不吹牛皮」飯館出來，正是中午。山間白氣升騰，石路上黃光灼目，不知太陽在哪裡，只覺得裸露的肌膚如被針尖刺著，汗水黏黏滯滯不敢出，周身似塗了一層膠水。往年與家兄見面時，其總是大言湖南之熱，吾口雖諾諾，心中實不以為然，因為從電視的氣象預報中知道，長沙的溫度比北京也高不了多少，而我在北京並沒感覺到暑天的難熬。現在知道了。初到長沙那天中午就知道了。我見長沙街頭的攤販，一個個面如醉蟹，行人俱垂頭疾走，不及顧盼。搭乘至常德的長途汽車，車過湘江大橋時，見江水混濁如綠豆湯，幾十隻黑舟白船死在水上。江面上泛著黏稠的灰黃光線，全無當年讀毛澤東名詞〈沁園春〉時那種清澈見魚翔、颯颯聞樹響的輕清出世傲天下小的感覺，也許是季節不同所致吧。橘子洲像一個耐熱不過剝掉綺羅遍身黏汗躺在江上的女人，寒秋到時，她也許會披錦掛繡美起來吧，我當努力創造秋天去湖南的機會。

「不吹牛皮」飯館的老闆娘在二兩一碗的麵條裡加了足有半兩辣椒，唏唏噓噓，如嚥中藥。出了飯館，還是覺五內如爐，流出的汗似乎都淡紅有色，每一個毛孔都發燒。新闢之地，道路崎嶇，我們要到十里外的地方去乘車，幸好這十里路穿過一條峪，據說峪裡風光秀麗，似天堂景色。喊一聲走，大家便一齊走，進峪數百步，回望「不吹牛皮」飯館，見廊簷下那塊火紅色大布幔像張牛皮一樣掛著，想起飯館裡牆上掛的「妙手回春」、「華佗再世」之類招牌，心中不覺惶惶然。

過了湖南三條江，走了湖南幾座城，爬了湖南幾座山，在落滿黃塵的公共汽車上，見山巒起伏壓抑，樹木渾然一體，千變萬化，但一律沉鬱傲慢，像昏睡中的猛獸。我覺得湖南的大自然是有性格的，這種性格像染了人血的古陶器一樣凝重樸拙，荒蠻輝煌。想起當年諸多三湘風流從這裡走向大舞台，叱吒風雲，翻天覆地，雙腳一跺整個地球都哆嗦，心中便「悵寥廓」，不知身在何處。

走進「十里畫廊」，微微有了些風，汗毛見風支支直立。聽說畫廊裡有河，但久走不見，右邊一道淺溝，溝裡曬著一片大大小小的鵝卵石，卵石上生著一層白鹼，也許這就是河了。左邊峭壁上有一些淚珠般的細流滴答，同行者有伸出鮮紅的長舌去接水喝的，我亦仿效，水微鹹，浸透了山的悲哀。初從山上窄不容腳的石階上下來走這平路，雙腳受寵若驚，下意識地高抬輕放，從別人的走相上看到自己，不由一笑，疲乏加炎熱，笑得艱難。然而山峪裡的風景確實是美不勝收，一座座山峰突兀壁立，奇形怪狀，不可以語言描畫。同行中有善比喻者指東指西，命此山為蒼狗，命彼山為美人，我凝視良久，覺得都不像，山就是山，命名多半只具有符號的意義，硬要按名循實，並敷衍出幾個故事，幾同對大自然的褻瀆。

漸走漸深，樹木從兩側山上罩下來，鬱鬱蔥蔥中，我只認識松樹，餘皆不識名目。松樹可憐地注視著我，我不認識的樹木都閉目養神，對我表示一種「極大的蔑視」，我被這蔑視壓得弓腰駝背，氣喘吁吁。樹上時時響起蟬鳴——我拿不準這是不是蟬鳴，旁邊一個揹畫夾子的小個子姑娘說是蟬鳴——蟬鳴聲如北方池塘裡的蛤蟆叫，圓潤潮溼，富有彈性，假如就是蟬鳴，我認為這蟬鳴也具有沉鬱傲慢的性格。沉鬱傲慢的湖南山水樹木教育出來的蟬也「格」得要命，這種像蛤蟆一樣鳴叫的蟬是能吃掉螳螂的，我想。我又想，這裡的螳螂難道就會不「格」嗎？這裡的螳螂也許會一刀斬掉黃雀的頭，這裡的黃雀呢？假如有黃雀……真不敢想像，如果沒有這樣的塗了人血的古陶般的大自然性格，會有絢麗的楚文化。湖南作家韓少功在《文學的根》中尋找絢麗的楚文化的流向，他聽一個詩人說楚文化流到湘西去了。我想，假如湘西不是如此閉塞，假如湘西高樓林立，道路縱橫，農民家家有轎車、鋼琴，文化大普及，生活大提高，楚文化還能在此瀦留嗎？如此一想，竟有些可怕，原來保留傳統文化是要以落後愚昧為前提的呀。各種古老的習俗傳統，流傳日久，尤其是其賴以產生的政治經濟條件、地理風貌發生變化之後，大都失去了原來的莊嚴和輝煌，變成了一種空殼，正如五月裡賽龍舟，帶著電子錶的船工們，所體會到的究竟是什麼呢？假如此說成立，那就壞了，湘西畢竟不可能長此閉塞落後，如有朝一日先進開化之後，絢麗的楚文化不是斷流了嗎？幸好，我也認為楚文化是一個內涵極深的概念，它的一部分確實瀦留在湘西的某些「深潭」裡，表現為一些古老的風俗習慣，一些圖騰崇拜；

另一部分如屈原的作品，則早已匯進了漢文化的滔滔大河，滋養了不知多少代中國人，甚至變得像遺傳基因一樣想躲都躲不掉呢！

這時，聽到後邊一片的馬蹄響，急忙回頭看時，見有七、八匹馬遭人騎著，五顏六色走進來了。眾人跳到路邊，一時忘了熱，驚訝地看這個馬隊。馬有黑，有黃，有一匹棗紅，無白。突然想起「白馬非馬」說，哲學教科書上說公孫龍子是個詭辯者，「白馬非馬」說也不值錢，我卻於這些教科書背後，見公孫龍子兩眼望著蒼天，傲岸而坐，天墜大石於眼前，目不眨動。「白馬非馬」就是「白馬非馬」，管他犯了什麼邏輯錯誤，僅僅這個很「格」的命題不就偉大得可以嗎？幾十年來，我們其實用一種簡化的辯證法來解釋世界，得出的結論貌似公允，實則含有詭辯的因素，文學上的公式化、簡單化，恐怕與此不無關係吧。我認為一個作家就應該有「白馬非馬」的精神。敢於立論就好，先休去管是否公允，韓少功說楚文化流到湘西去了，就讓它流去吧。他自有他的深藏在字面之後的道理，別人難以盡解，自然隨筆議論幾句當作一種思辯訓練也未嘗不可。誰要對作家的立論執行形式邏輯的批判，誰就有點板——其實盡可以將想法藏在心裡——各想各的「拳經」。

我想著自己的「拳經」，雙眼卻直盯著那幾騎看。馬兒愈走愈大，俱是口吐白沫，身上汗水晶亮，馬蹄鐵敲擊著卵石，短短促促地響。馬似走得輕捷，骨子裡卻是憂悒和不平，牠們痲木、呆板，已經失去馬身自由，騎馬非馬也。莊子〈馬蹄〉篇曰：「馬，蹄可以踐霜雪，毛可以禦風寒，齕草飲水，翹足而陸，此馬之真性也。雖有義台、路寢，無所用之。及至伯樂曰：『我善治馬。』燒之，剔之，刻之，絡之，連之以羈縶，編之以皁棧，馬之死者十三二矣；飢之，渴之，馳之，驟之，整之，齊之，前有橛飾之患，而後有鞭策之威，而馬之死者已過半矣。」馬本來逍遙於天地之間，飢食芳草，渴飲甘泉，風餐露宿，自得其樂，在無羈無束之中，方為真馬，方不失馬之本性，方有龍騰虎躍之氣，徐悲鴻筆下的馬少帶韁繩嚼鐵，想必也是因此吧。可是人在馬嘴裡塞進鐵鏈，背上壓上鞍韉，怒之加以鞭莢：愛之飼以香豆，恩威並重，軟硬兼施，馬雖膘肥體壯，何如當初之骨銷形立也。人太殘忍了，人太霸道於地球了。我心裡忽然充滿了對馬上的騎手們的仇恨。但是，我馬上就開始否定自己了。弱肉強食，是自然界的一條規律，在某種條件下，人類亦不例外。常常見說：「在舊社會……過著非人的生活。」人一旦受制於人就是「非人」，「騎馬非馬」該當成立。在邏輯上似無大錯誤。將馬比人，也許是錯誤類比，可是我們不是天天都在進行這種類比嗎？孔夫子聞子路身被千創而死，令人倒掉廚房裡的肉醬（批孔時說他虛偽）；近來的文藝作品中，不是有好多小生靈被作家擒來寄託偉大人道精神嗎？

說嘴容易實行起來難。我恨騎馬者大概是因為我無馬可騎。孔子倒肉醬我覺得可惜。可憐小生靈的作家們有幾個是和尚呢？說與做背道而馳，大概是人類的天性。

馬隊走到我們跟前，一是因為問路，二是因為臨近河水，英雄們滾鞍下馬。他們都是光頭黑臉，袒露著胸膛或是穿著汗漬斑斑的背心。腳上有穿麻底草鞋的，有穿牛腰黑馬靴的，衣服後面都有圓月般的一塊白布，布上墨寫一個拿大的「勇」字。有兩個身揹弓箭，有兩個腰挎鋼刀。馬背著鞍橋，鞍下吊著長桿紅纓槍，鐵柄大砍刀，及一些行李雜物。口音與湘人迥異，不知哪路草莽下山。

牽棗紅馬的小伙子像是一個小頭目，身體修長，十分俊秀。棗紅馬遍身纓絡，頸下掛著一串銅鈴，發出成串的叮咚之聲。他左手拉著馬，右手按著刀鞘，狼行虎步到我面前，我惶然不知所措，卻見小伙子嫣然一笑，齜出一口結實的微黃牙齒，問我：「同志，去招待所是走這條路嗎？」我慌忙答對。一牽黑馬臉上有疤的小伙子說：「大文，還有菸嗎？借枝給過過癮。」「什麼借？光借不還？」棗紅馬小伙子說著，把按著刀鞘的手移開，從兜裡摸出兩枝菸，自己叼上一枝。討菸者為自己和施捨者點菸。從他們鼻子噴出藍色煙霧。馬打著焦躁的響鼻，用力彈著蹄子，尾巴抽打著飛虻，馬頭向著河水那兒歪。河水像翡翠一樣綠，突然從山縫裡流出來，泛出冰涼的舒服來。棗紅馬小伙子說：「弟兄們，走一會兒，涼涼汗，再給戰馬飲水。」小伙子讓我吸菸，我說不會吸，他看我胸前的校徽，就此搭上腔，一塊沿山路前行。畫廊有了河，風景更美，但顧不上多看了，大家都跟著馬隊走。閒談中，方知瀟湘廠正在此地拍攝《天國恩仇記》，他們是從河南雇來的群眾角色，扮演曾國藩的湘軍，剛剛在「西海」與「太平軍」血戰一場，「湘軍」無一傷亡，倒有一員「太平軍」的大將硬在馬上擺英雄姿態不慣落馬，摔折了一隻胳膊，說得大家齊笑。話到深處，小伙子說，他們報酬甚微，從河南跑到湖南，騎著自家拉車耕田的馬，馬竄得拉稀，人顛得骨離，要不是為掙錢，鬼才幹呢，為著熱鬧，權當旅遊吧。他說，一跨上戰馬，穿戴披掛起來，就感到天不怕地不怕，見了那些坐「地鱉子」車的官兒心裡也一點不怵，在家裡時，鄉長吆喝一聲就腿肚子哆嗦，現在想想，怕他什麼呢？人的身分，還不是像這身披掛一樣，光屁股進了澡塘，再大的官也威風不起來！你信不信？我說信。他說，遺憾的是「湘軍」，老是挨「殺」，要是演「太平軍」才過癮呢，喊一聲：孩兒們，上啊！就是一窩蜂殺上去了……

他和夥伴們在河裡飲馬，河水涼得馬唇上捲，飲畢，他飛躍上馬，挺胸昂頭，戴上一頂大沿帽，嘴裡發出擬古之聲，拱手與我道別，發一聲喊，雙腿一夾，棗紅馬就跑起來。道路上石稜凸出，縫隙縱橫，馬跑得拘謹，但比人走快多了。我們只能步他們的後塵了。

馬隊跑出約有一箭之地，就見那頭當頭的棗紅馬踉蹌一下，翻倒在路，騎手一頭鑽進路邊樹叢裡不見了。眾騎手紛紛下馬，棗紅馬騎手從樹叢中爬出來，狼狽得像個敗兵。我們匆匆趕過去，見騎手們圍著那匹馬看，面孔都悲悽悽的。棗紅馬的騎手蹲在地上，雙手抱著頭，看不到臉。那匹馬還在掙扎著想站起來，但牠站不起來了，牠的一隻蹄子夾在一條石縫裡扭斷了，鮮血像噴泉一樣從斷腿裡一股股地射出。我忽然想起，七六年在黃縣當兵時，我跟我們班長去煤礦拉煤，也是一匹棗紅馬，是拉長套的，在幾根廢棄的支架中把一個蹄子齊齊地斷下來，那匹棗紅馬始終站著沒倒，那條斷腿像枴杖一樣點著地面，當時，我們班長放聲大哭。這隻馬蹄印在我腦子裡，我想我要把它寫成一部中篇小說，題為〈馬蹄〉。

# 狗・鳥・馬

## 一

十年前，我曾隨一個作家代表團去過聯邦德國。現在回想起來，在聯邦德國那些美麗的城市裡，隨處可見被衣冠楚楚的男人或是女人牽拉著行進的狗。從德國的北頭走到南頭，我還沒有看到過一隻無主的狗。德國的狗花樣實在是多極了。有蠢笨如牛的，有玲瓏如兔的，有長髮飄飄如美女的，有皺臉裂唇如惡鬼的。幾乎所有的狗的脖子上都拴著一根鏈條。偶爾也能見到一條摘除了鏈條的狗，但脖子上還拴著皮圈。那根鏈條就在狗身後的主人的手裡提著，隨時都可以掛上去的。即便是那些摘除了鏈條的狗，也像個好孩子似的乖乖的跟在主人腳後，主人走快牠走快，主人走慢牠走慢，無鏈條也好像有鏈條，看著都讓人感動。

在慕尼黑，我看到一匹似狗非狗的大動物，搖搖晃晃地跟在一個美麗的金髮女郎背後。那女子袒胸露背，昂首前進，那怪物在她後邊，威風凜凜，狼行虎步。我心裡很是恐懼，因為打死我也想不到世界上竟會有這樣的動物。牠是老虎和綿羊交配生出來的雜種吧？牠看到我看牠，也冷冷地歪頭瞅了我一眼，掩藏在綠色長毛裡那眼睛凶光逼人。牠的比我拳頭還要大的爪子巴噠巴噠地敲著地面，尾巴拖在身後，好像一把大掃帚。這東西如果出現在深山老林裡，一定是位令百獸觳觫的大王，但牠跟在一個女人的背後，脖子上還掛著一根鏈條，牠也只能是條狗。

在高速公路旁邊的一家小飯店裡，我看到一對盛裝的中年男女，像伺候小寶寶似的，用一個銀盤子，給一匹頂多只能有兩斤重的小老狗餵奶。這匹狗嬌喘微微，令我想起中國的古典美人。牠用紅紅的小舌頭，舔了一點牛奶，然後搖搖頭。那女人咕嚕了一句外語，我雖然聽不懂，但我能猜到她的意思。無非是說，寶貝，你不喝了嗎？你喝這點怎麼能行呢？那小老狗繼續搖頭。男人就從瓶子裡拿出一根金黃色的香腸，遞到小老狗的嘴裡。我們有時吃到的香腸並不香，但是這男子拿來餵狗的香腸真是香氣撲鼻。小狗聞了聞那腸，不吃。我心中感到很憤怒。十年前我們的思想還沒跟現在一樣，我們的生活也不能跟現在相比。我這樣說的目的就是要承認那香腸的香氣勾起了我的食欲。十年前我還沒有勇氣承認，十年後我可以坦率地承認。其實，一切就是個所謂名分。上帝生長萬物，並沒有標出那是人食那是狗食。那根德國小老狗不喜吃的香腸品質優良，它勾起我的食欲完全正常。如果是現在，我就跟那個德國男人要一條吃。他給不給我是他的問題。他把那根小老狗不吃的香腸用紙包了包，扔到垃圾桶裡。我心裡很痛惜。那男人用一條雪白的手帕給他的狗擦了擦小嘴巴，然後，才和他的女人坐下吃飯。

還有一次，我們坐在麵包車裡，在公路上奔走。一輛輛的豪華轎車一越而過，一越而過，一越而過。我突然看到，在一輛剛剛超越我們的賓士轎車的後座上，蹲著一條笑嘻嘻的小獅子狗。這傢伙，還對著我們的車叫喚，好像在笑話我們的車太慢了。我心裡很氣，恨不得把牠揪下來踢一腳。但是牠很快就隨著賓士絕塵而去。我忽然想到：這條狗如果頭暈，會不會嘔吐呢？如果嘔吐不是把那輛豪華轎車給弄髒了嗎？

又有一次，記不清是在哪座城市裡了，在一座教堂的邊上，躺著一個火紅色連鬢鬍鬚的流浪漢。他老人家身前身後依偎著五條狗，好像他的五個孩子。這五條狗一條比一條漂亮，身上不髒，毛也很順溜。不像吃不飽的樣子。而狗的主人，則是面黃肌瘦。在他和牠們的面前，放著一個盤子，裡邊有幾個硬幣。每逢有人從他們面前走過，老流浪漢就說幾句話，聲音很低沉。老頭說完話，那五條狗也跟著叫幾聲，聲音也很低沉，他和牠們表現出一種特別深沉、特別謙遜的態度。

我問我們的翻譯：他們說什麼？

翻譯說：老頭說可憐可憐這五條無家可歸的狗吧。

我問：狗呢，狗說什麼？

翻譯笑著說：我不懂狗語。

我說：你不懂我懂，狗必定是說，可憐可憐這個無家可歸的人吧！

這是真正的相依為命，也是真正的互相關心、互相愛護。我們儘管很窮，但還是掏出幾個硬幣扔到他和牠們面前的盤子裡。他對我們說了一句話我敢肯定是謝謝，狗對我們一齊汪汪汪，表達的也是感謝之意。我突然想到一個問題：中國的狗是不是能聽得懂德國狗的叫聲？

在德國看了那麼多奇形怪狀的狗，於是就想到了家鄉那些狗和家鄉人講過的狗的故事。我有一個很不好的習慣，那就是在外邊無論見到了什麼事，總喜歡和家鄉的同類事情做比較，一比較就難免說一些不該說的話，為此得罪了許多人。今後盡量地改正吧。我們故鄉的狗很少有脖子上戴鏈條的，因此，雖然我的故鄉的狗撈不到牛奶喝也撈不到香腸吃，但牠們比德國的狗自由。香腸雖好吃，自由價更高。牠們白天漫遊於田野，夜晚臥伏於草垛邊，願意為主人看家就叫幾聲，不願看家就出去撒野。事實上也比德國狗愉快。

七〇年代中期，我在生產大隊養豬場裡當了一段警衛，每天夜裡都跟前來偷豬食的狗作鬥爭。我抱著一桿土槍，埋伏在土牆後。在銀色的月光下，看到牠們翹腿躡腳地來了。狗眼綠瑩瑩的，好像鬼火一樣。看看近了，就摟火。震天動地一聲響。狗慘叫著跑了。不是我槍法不好，是我不敢打死牠們。都是村裡人家的狗，打死了不好交代。這就叫打狗也要看主人。

村裡文化活動很少，碰上打「對狗」就像過年一樣。往往是看到兩條狗在一起轉起圈子來了，我們就開始興奮。一旦牠們交配成功，我們就手持棍棒或是磚頭瓦塊，一擁而上，就像當年到海灘上去抓跳傘逃生的敵特一樣。有一個謎語：「四個耳朵朝天，八條腿著地，中間一根轉軸，兩頭喘氣。」就是說「對狗」的。牠們連結在一起，互相牽扯，行動不便，被我們打得叫苦連天。不但我們這些討厭狗的孩子打，大人也參加這罪惡的活動。但在當時，我們也並不認為這樣做不狗道。因為鄉下傳說，「對狗」不打不開，一天不開母狗死；兩天不開公狗死。有這樣的傳說墊底，我們打「對狗」，就是積德行善了。後來我進城之後，才明白鄉下的傳說是胡說。

現在回想起來，德國的狗都不喜歡叫，即便是叫也是低聲叫，好像怕驚動了別人似的。我們到德國，也算是外國人了，但那些德國狗們也不理我們。我記得我們一行十幾個人到漢堡郊外一個德國姑娘家去作客，她家那條大個狼犬對其他的人一概不理，懶洋洋地連頭都不抬，唯獨對我狂吠。有一個人說我：連狗都知道你不是好人。我卻為此得意了好久。我得意的理由是：除了我之外，那天同去的其他人，連狗都懶得理他們了。

前幾年，一個德國作家到我們村裡去，村子裡的狗一傳十、十傳百，全都來了，集中在我家外邊的打穀場上，齊聲大叫，那德國作家嚇得臉色發黃，我對他說：「別怕，牠們是在歡迎你呢！」

可能是出於偏愛，我還是覺得我們家鄉的狗好。德國狗太傲慢，我們家鄉的狗多麼熱情。德國狗是德國人的玩物，我們家鄉的狗是我們的朋友。我們家鄉的狗能跑能跳，狂呼亂叫，很不含蓄，沒有德國狗那麼陰沉。當然我們家鄉的狗也會向主人搖著尾巴獻媚，但狗向人獻媚總比人向狗獻媚好。當然我們家鄉的狗也不是真正的狗，真正的狗其實就是狼。

德國的狗百分之五十沒有尾巴，問一問，說是動手術割去了。我問同行：你們知道為什麼要把狗尾巴去掉嗎？他們有的說不知道，有的說是為了美觀。我說：你們說得都不對。我們家鄉有一句歇後語，叫做「沒尾巴狗跳牆——利索」，切掉狗尾巴就是為了讓牠們跳牆。

二

德國有一條河，名叫萊茵河。當年我學習馬克思的著作，就知道德國有這樣一條河。這條河水在我們眼裡看起來已經很清澈，但是有一些德國人還跟政府吵架，說是他們把河水污染了。就像世界上所有的大河一樣，萊茵河的兩邊也有許多城。有一座叫波恩，當時還是聯邦德國的首都。城裡有許多人，還有許多鳥，鳥不怕人。

我在河邊坐著看河水，一隻肥胖的野鴨搖搖擺擺地走過來。牠用漆黑的小眼睛看著我，還對我嘎嘎地叫。緊接著又有幾隻野鴨子走過來，都好奇地看著我。我一伸手，就摸到了牠們的羽毛。當時我真想抓隻拿回去燒著吃，但又怕被人抓住丟了中國人的臉。我曾經寫過一篇小說，講一個窮漢子打野鴨子的故事。他埋伏在一叢高粱稭裡，看到夕陽西下，看到一群群的野鴨子落到面前的水汪子裡。他想多打幾隻鴨，就不停地往槍裡填藥。最後的結果當然很不好，他太貪心，裝藥太多，結果炸了槍膛，野鴨子沒打著，反把自己給炸死了。

最近幾年，中國人的環保意識也在加強，國家也頒布了保護動物的法律。但偷獵珍稀動物的事情還是不斷發生。有射殺天鵝的，還有殺死大熊貓包餃子的。看起來光有法律還不行。老百姓的肚子裡如果沒有油水，什麼法律也攔不住那些大膽的饞鬼。吃飽了才能講文明，吃飽了才能學文化。我就不相信，當德國人窮得連飯都吃不飽時，他們還顧得上去保護動物。能保護天鵝，也顧不上保護野鴨子。

當然也不能把一切問題都歸結到吃飽吃不飽上。我在狼牙山下當兵時，部隊生活很好，頓頓有油水。但機關裡有一位幹事，每天都提著一桿氣槍去打鳥。黃鸝、杜鵑、喜鵲、烏鴉、啄木鳥……他見到什麼就打什麼。這人槍法很準，幾乎是彈無虛發。每天都有幾十隻鳥死在他的手下。那時我方知道啄木鳥死後，那舌頭是吐出來的，就像吊死鬼一樣。啄木鳥的舌頭像一根肉錐，尖上還帶著一個鉤兒。他打死那麼多鳥，隨手就扔在窗台上，他不吃，讓螞蟻吃。為此我還勸過他，但他根本不理我。我偷偷地告了他一狀，結果把他得罪了。

人其實是最複雜的動物。人是最善良、也是最殘忍的。人是最窩囊、也是最霸道的。也許有一天，人要從地球霸主的位置上退下來。不過那時候，我的肉體可能轉化了別的物質。我也許變成了一束鮮花，也許變成了一堆狗屎。但我還是希望能變成一隻鳥。變成一隻在萊茵河邊漫步的野鴨子也行。

想不到波恩城裡也有麻雀，牠們的模樣跟中國麻雀沒有什麼區別。在一家咖啡館的招牌上，有一個堂皇的麻雀巢，很低，抬手就可摸到。據說招牌上的字母拼起來就是貝多芬，麻雀就在貝多芬的頭上生兒育女，拉屎撒尿。

麻雀在中國可是遭過大難的，一聲令下，槍打、網羅、敲鑼打鼓嚇唬，差不多滅了牠們的種。一個龐大的國家、好幾億人口，聯合起來對付一種小鳥，這行為既荒誕又好玩，在人類歷史上都是空前絕後。我看過一個資料，寫幾個科學家聯合起來給毛澤東寫信營救麻雀的事，才知道這滅麻雀的事不簡單。沒有五〇年代的「除四害」滅麻雀，大概也就不會有六〇年代的「破四舊」搞文化大革命，很可能也就沒有需要「粉碎」的「四人幫」。要把四個人「粉碎」了，儘管是壞人，想來也可怕。我還看過一個挺有名的作家寫的一篇童話小說，寫一個麻雀之家，兩隻老麻雀，兩隻小麻雀，在滅絕麻雀運動中的悲慘遭遇。兩隻小麻雀，一個被彈弓打死了，一個飛不動掉下來被活捉了。男老麻雀撞到高壓線上碰死了，剩下女老麻雀，好不容易逃回自己的窩。夜裡，牠躲在窩裡哭，一道強光射進來，牠被一個小孩子給活活捏死了。那作家寫了這小說配合運動，但他並不了解這場運動的真正意義。

## 三

馬在德國跟狗在德國一樣，早已由生產資料變成了玩物。馬的輝煌時代在德國已經結束——其實在中國也快要結束了。這是無可奈何的事情。人類的文明史裡攙雜了許多的馬糞和狗屎。馬曾經是人類多麼重要的幫手，但現在一點也不重要了。我當時想起了《靜靜的頓河》，想起了肖洛霍夫對馬的精采描寫。他寫到婀克西妮婭臨死前騎的那匹馬有一個壞習慣：喜歡低頭啃騎馬人的膝蓋。這匹馬多麼有性格呀。現在我又想起了《馬語者》這本暢銷書，一看就是個不懂馬的人寫的。我曾應該書責編之邀，寫過一篇促銷文章，裡邊只有一句話是滿意的：其實，人類從來不敢正視馬的湛藍的眼睛。

我在德國只見過一次馬，那是在斯圖加特郊外一個牧場裡。馬的主人是個紅臉膛的大漢，渾身散發著令我感到親切的馬糞氣味。據說他極善馬術，曾在大型的馬賽會上獲得過金牌。大漢有一位嬌小的妻子，穿著牛仔褲，很幹練，不用說也是個馬上的健女。他還有一個在城裡讀幼兒園的兒子，還有一個像布娃娃那般大的精緻女兒。還有一個忙前忙後的老母親。這是一個幸福的家庭。

我們進了主人的馬廄，看到了幾匹胖得油光滿臀的高頭大馬。還有一匹讓我感到大吃一驚的小馬。牠比一隻綿羊大不了多少，但牠不是馬駒。我們的翻譯說這是袖珍馬，長不大的。這是馬嗎？我真難過。這是什麼人培育出來的馬種呀！

主人派人進城把他的兒子接回來了，為了給我們表演馬術。小男孩換上了全套的馬術服，從廄裡牽出了那匹袖珍小馬，熟練地給牠備好鞍韉。那個剛會行走的小女孩去揪小馬的尾巴，怪嚇人，但她的父母不管不問。男孩把馬牽到馬場上，女孩追著馬哭。她的母親把她扔到馬背上，她就笑了。

說說這個女孩吧。她穿著一條帶背襻紅色皮短褲，一雙紅色的小皮鞋，一件紅色格子的半袖襯衫。金色的頭髮梳成兩條小辮子。她的皮膚細膩得像奶油一樣。她的眼睛藍得像湖水一樣。她的嘴唇紅得像櫻桃一樣。她精緻得不像個真孩子。

男孩騎著小馬在場上跑起來。起初跑得不快，愈跑愈快。馬的小蹄子飛快地翻動著，讓我聯想到大銀行裡那些快速點鈔的女職員的手指。跑著跑著，那小馬在那小孩的駕馭下，衝向障礙，嗖地就飛過去了。小馬的肚皮擦著了欄杆。我們鼓掌。又過去了，我們鼓掌。

在德國，我有個感覺：真的就像假的，假的反似真的。譬如說市場上的水果，色彩之豔麗、表皮之光潔，都過了分，使人疑心是塑膠或是蠟做成的。有些假物，譬如說桌子擺的假花，你忍不住要去嗅它的香味。德國的馬也像假馬，太乾淨、太光滑了，沒有一點馬的野氣。

我又想起了故鄉的馬，在冰封大地之後，去原野上啃麥苗子。一輪巨大的紅日初升，田野裡姹紫嫣紅，麥苗子上掛著粉紅色的霜花。我家那匹紅馬滿身亮汗，大口啃麥苗，輕鬆搖尾巴，馬眼明亮，宛如藍色水晶。我凍得雙耳通紅，站在河堤上，高聲呼喚我家的馬：馬來——咴咴咴……遙遠的我家的馬昂起頭，晃動著紅色的鬃毛，飛一般奔過來。在牠的帶動下，幾十匹馬一起狂奔，像幾十匹舒捲的綢緞，像一條波浪翻捲的彩色河流。

# 我與音樂

音樂，從字面上，大約可以理解為聲音的快樂或聲音帶給人的快樂。從名詞的角度理解，就要複雜得多，幾句話說不清楚。我想最原始的音樂大概是人用自己的器官來模擬大自然裡的聲音。譬如要抓野獸，就模擬野獸的叫聲，不但引來了野獸，而且很好聽，於是不斷重複，並且學給同伴們聽，這就既有創作，又有表演了。不抓野獸時，召喚遠處的同類，就仰起頭、發出悠長的吼叫。有的吼得好聽，有的吼得不好聽，吼得好聽的就是歌唱家。大自然裡的聲音有好聽的有難聽的，好聽的讓人快樂，不好聽的讓人不快樂。讓人快樂的聲音就是最早的音樂。漸漸地，單用器官發出的聲音已經不能滿足需要，於是就用樹葉、竹筒或是其他的東西來幫助發音。這些東西就是最早的樂器。

我小時候在田野裡放牛，騎在牛背上，一陣寂寞襲來，突然聽到頭頂上的鳥兒哨得很好聽，哨得很淒涼。不由地抬頭看天，天像海一樣藍，藍得很悲慘。我那顆小孩子的心便變得很細膩、很委婉，有一點像針尖，還有一點像蠶絲。我感到一種說不清楚的情緒在心中湧動，時而如一群魚搖搖擺擺地游過來了，時而又什麼都沒有，空空蕩蕩。所以好聽的聲音並不一定能給人帶來快樂。所以音樂實際上是要喚起人心中的情，柔情、癡情，或是激情，音樂就是能讓人心之湖波瀾蕩漾的聲音。

除了鳥的叫聲，還有黃牛的叫聲，老牛哞哞喚小牛，小牛哞哞找老牛，牛叫聲讓我心中又寬又厚的發酸。還有風的聲音，春雨的聲音，三月夜半蛙鳴的聲音，都如刀子刻木般留在我的記憶裡。略大一點，就去聽那種叫茂腔的地方戲。男腔女調，一律悲悲切切，好像這地方的人從古至今都浸泡在苦水裡一樣。緊接著又聽樣板戲，那明快的節奏能讓我的雙腿隨著節拍不停地抖動。但樣板戲不能動人心湖。

一九七七年初，我在黃縣當兵，跟著教導員騎車從團部回我們單位。時已黃昏，遍地都是殘雪泥濘。無聲無息，只有我們的自行車輪胎輾壓積雪的聲音。突然，團部的大喇叭裡放起了《洪湖赤衛隊》的著名唱段：洪湖水呀浪呀么浪打浪，洪湖岸邊是呀么是家鄉……我們停下了車子，側耳傾聽。我感到身心被一股巨大的暖流包圍了。我朦朦朧朧地感覺到：寒冬將盡，一個充滿愛情的時代就要來臨了。這歌聲把我拉回了童年。「二呀么二郎山高呀么高萬丈」更把我拉回了童年。炎熱的童年的夏天，在故鄉的荒草甸子裡，在牛背上，聽到螞蚱剪動著翅膀，聽到太陽的光芒曬得大地開裂。用蔥管到井裡去盛水喝，井裡的青蛙閃電般沉到水底。喝足了水，用蔥管做成叫子，吹出潮溼流暢的聲音，這就是音樂了。

時光又往前迅跑了幾年，我考上了解放軍藝術學院。上音樂欣賞課，請來李德倫，著名的指揮家。他講了好半天，從秦皇漢武講到了辛亥革命，隻字不提音樂，我們都有些煩。我說，老師，您就少講點，能不能對著錄音機給我們比畫幾下子呢？他很不高興地說：我能指揮樂隊，但我不能指揮錄音機。同學們都笑我淺薄。我一想也真是胡鬧，人家那麼大指揮家，怎麼能讓人家指揮錄音機呢？

我還寫過一篇題名〈民間音樂〉的小說呢，讀了這篇小說的人都認為我很有點音樂造詣，其實，小說中那些音樂名詞都是我從《音樂欣賞手冊》裡抄的。

我們村子裡有一些大字不識一個的人能拉很流暢的胡琴。他嘴裡會哼什麼手裡就能拉出什麼。他閉著眼，一邊拉一邊巴嗒嘴，好像吃著美味食品。我也學過拉胡琴，也學著村中琴師的樣子，閉著眼，巴嗒著嘴，好像吃著美味食品。吱吱嚀嚀，吱吱嚀嚀，母親說：孩子，歇會吧，不用碾小米啦，今天夠吃了。我說這不是碾小米，這叫摸弦。我們不懂簡譜，更不懂五線譜，全靠摸。那些巴嗒嘴的毛病，就是硬給憋出來的。等到我摸出《東方紅》來時，把胡琴弄壞了。想修又沒錢，我的學琴歷史到此結束。那時候，經常有一些盲人來村中演唱。有一個皮膚很白的小瞎子能拉一手十分動聽的二胡，村中一個喜歡音樂的大姑娘竟然跟著他跑了。那姑娘名叫翠橋，是村中的「茶壺蓋子」，最漂亮的人。最漂亮的姑娘竟然被瞎子給勾引去了，這是音樂的魅力，也是村裡青年的恥辱。從此後我們村掀起了一個學拉二胡的熱潮。但真正學出來的也就是一半個，而且水平遠不及小瞎子。可見光有熱情還不夠，還要有天才。

我家鄰居有幾個小丫頭，天生音樂奇才，無論什麼曲折的歌曲，她們聽上一遍就能跟著唱。聽上兩遍，就能唱得很熟溜了。她們不滿足於跟著原調唱，而是一邊唱一邊改造。她們讓曲調忽高忽低，忽粗忽細，拐一個彎，調一個圈，勾勾彎彎不斷頭，像原來的曲調又不太像原來的曲調。我想這大概就是作曲了吧？可惜這幾個女孩的父母都是啞巴，家裡又窮，幾個天才，就這樣給耽誤了。

忽然聽到了小提琴協奏曲《梁祝》，很入了一陣迷。這曲子纏綿悱惻，令人想入非非。後來又聽到貝多芬、莫札特什麼的，聽不懂所謂的結構，只能聽出一些用語言難以說清的東西。一會兒好像寧死不屈，一會兒好像跟命運或是女人搏鬥。有時也能半夢半醒的看到原野、樹木、大江大河什麼的，這大概就是音樂形象吧？誰知道呢！

我聽音樂並不上癮，聽也行不聽也行。對音樂也沒有選擇，京劇也聽，交響樂也聽。有一段我曾戴著耳機子寫字，寫到入神時，就把音樂忘了。只感到有一種力量催著筆在走，十分連貫，像扯著一根不斷頭的線。可惜磁帶不是無窮長，磁帶到了頭，我也就從忘我的狀態中醒了過來，這的確很討厭。

我看過一本前蘇聯的小說，好像叫《真正的人》吧，那裡邊有一個飛行員試飛新飛機下來，興奮地說：好極了妙極了，簡直就是一把小提琴！我快速寫作時，有時也能產生一種演奏某種樂器的感覺。我經常在音樂聲中用手指敲擊桌面，沒有桌面就敲擊空氣。好像耳朵裡聽到的就是我的手指敲出來的。儘管我不會跳舞，但是我經常一個人在屋子裡隨著音樂胡蹦達，每一下都能踩到點子上。我感到我身上潛在著一種野獸派舞蹈的才能。

我可以說是對音樂一竅不通，但卻享受到了音樂帶給我的快樂。快樂在這裡是共鳴、宣洩的同義詞。大概絕大多數音樂不是供人歡笑的。讓人歡笑的音樂如果有也是比較膚淺的。我基本上知道藝術這東西是怎麼回事，但要我說出來是不可能的，不是我不想說是我說不出來。不說出來，但能讓你感受到，我想這就是音樂，也就是藝術。

我還想說，聲音比音樂更大更豐富。聲音是世界的存在形式，是人類靈魂寄居的一個甲殼。聲音也是人類與上帝溝通的一種手段，有許多人借著它的力量飛上了天國，飛向了相對的永恆。

# 三島由紀夫猜想

我猜想三島是一個內心非常軟弱的人。他的剛毅的面孔、粗重的眉毛、冷峻的目光其實是他的假面。他的軟弱性格的形成與他的童年生活有直接的關係，那麼強大、那麼跋扈的祖母用霸道的愛病態了這個可憐男孩的心靈。但如果沒有這樣一個怪祖母，很可能就沒有怪異而美麗的、像腐屍上開出來的黑紅的鮮花一樣的三島文學，當然也就沒有文壇鬼才三島由紀夫了。三島雖然口口聲聲說到死，口口聲聲說他渴望鮮血，渴望殺人，並以艱難的自殺告終，但我猜想他其實是一個最怕死的人，他把自己的生命看得起碼與凡夫俗子一樣重。他誇大病情逃避徵兵就是他眷戀生命的一個例證。

我猜想三島是一個在性問題上屢遭挫折的人。他對女人的愛戀到達癡迷的程度，而且是見一個愛一個。他絕不是一個性倒錯者，更不會去迷戀掏糞工人汗溼的下體。我猜想他對男人體有一種厭惡感，他絕對不具有同性戀傾向，他有很多話是騙人的。我沒讀幾篇三島的文章，但如果三島關於癡迷男人的話題是他初涉文壇、三十歲之前說的，如果他在四十歲之後再沒說這類的話，那我幾乎可以肯定地說，所謂對男人的愛戀云云，其實是三島標新立異、希望以此引起人們注意的邀寵行為。我猜想當時在日本，沒有一個作家是同性戀者吧？三島這樣一鬧，該有多麼大的魅力啊，由此會讓多少讀者對他的文學感興趣啊。他心目中雄偉的男體是他自己。他愛戀的是他自己的身體，並幻想著用這樣的身體去征服女人，他有點虐待狂的意思對女人。三島一生中很多特立獨行，其實都是為他的文學服務的。問題的悲劇在於：評論家和傳記家總是過分相信作家的話，其實作家的話多半是摻假的。摻假最多的是作家的所謂自傳。作家的真面目，應該從他的小說中去發現。三島由紀夫其實就是《金閣寺》中的溝口當然也不完全是溝口。

我猜想三島的軟弱性格在他接觸女人時得到了最充分的表現。他有著超於常人的敏感，超於常人的多情。他是一個病態的多情少年，雖然長相平平，但是靈魂高貴而嬌嫩，宛若剛剛脫殼而出的幼蟬。《春雪》中的貴族少年春顯既是他理想中的楷模也是他的青春期心理體驗的形象化表現。我猜想三島在學習院走讀時，在公共汽車上與那個少女貼鄰而坐、膝蓋相碰的情景，他因為激動一定渾身發冷、牙齒打戰。這很難說是愛情，那少女也不一定是美貌的。對三島這種秉賦的人來說，愛情只能是一種病理反應。我猜想三島在這個時期是沒有性能力的，他不可能與他追求的女性完成性行為，他是病態性的精神戀愛。對這樣的少年來說，能讓他真正成為男人的，也許是一個浪蕩的醜婦，而不是一個美麗的少女。我猜想正由於三島在青少年時期對女人的無能，他才把「男人的汗溼的下體」祭出來，一是為了自慰，二是為了標新。三島的「同性精神戀」，基本上可以理解為一種文學行為，類似三島的青少年不多，但卓越的藝術家大概都有類似的心路歷程。我猜想三島在正式結婚之前，已經與成熟的女人有過了成功的性活動，他的所謂的「同性精神戀」自然也就痊癒了。結婚是三島人生的也是文學的一大轉折，他與妻子的正常生活治癒了他在性問題上的自卑，然後他便堂堂皇皇地開始描寫正常的男女之愛，有《潮騷》為證。

我猜三島自己也不願說清楚《金閣寺》裡的金閣象徵著什麼。我認為《金閣寺》簡直就是三島的情感自傳。溝口的卑微的心理活動應該就是三島婚前反覆體驗過的。我認為如果硬要說金閣是一個象徵，那麼我猜想金閣其實是一個出身高貴，可望而不可及的女人的象徵。三島是沒有能力和這樣的女人完成性愛的，就像許多文弱少年沒有能力和一個他傾心日久、一朝突然橫陳在面前的美女做愛一樣。美是有震懾力的。我猜想三島婚前一定有過這樣的經歷。當那美人悵恨不已地穿衣離去時，我猜想三島的痛苦會像大海一樣深沉。他更加癡戀那美人，並一遍又一遍地幻想著與那美人痛苦淋漓地造愛的情景，就像溝口一遍又一遍地幻想著金閣在烈火中熊熊燃燒的模樣一樣。金閣在烈火中的顫抖和嗶剝爆響，就是三島心中的女人在情欲高潮中的抽搐與呻吟。所以當中村光夫問三島：「我以為不要寫第十章燒金閣寺的場面不好嗎？」三島回答道：「但是，中斷性交時身體是有害的啊！」這絕對不是開玩笑。正如中村光夫所說：「三島設計燒金閣寺或者這種表現，很可能是他在此之前的對人生所感到的最官能性的發情的一種形式。」三島是將「金閣作為他的情欲的對象來描寫的」。癡情少年在沒得到美人之前，會想到以死來換得一晌歡愛，但一旦得到之後，死的念頭便煙消雲散，所以溝口火燒金閣之後便把自殺備用的小刀和安眠藥扔到谷底去，然後點燃一枝香菸，一邊抽一邊想：「還是活下去吧！」是的，朝思暮想的美人也不過如此，還是活下去吧。

我猜想三島寫完《金閣寺》後，好評如潮，名聲大震，家有美妻嬌女，物質和精神都得到了滿足，他已經落入了平庸生活的圈套。他的一切都已經完成了，他已是個功成名就、家庭圓滿的完人。他的隱藏在內心的自卑透過完美的、符合道德標準的家庭生活和那把燒掉金閣的熊熊火焰得到了療治，他再也不用編造「迷戀挑糞工人身體」的謊言來自欺和欺人了。但三島是絕不甘心墮入平庸的，他對文學的追求是無止境的，就像男人對美女的追求在本能上是無止境的一樣。當一個文學家完成了他的代表作，形成了自己的所謂「風格」之後，要想突破何其困難，沒有風格的作家可以變換題材源源不斷寫出新作，有風格的作家，大概只能試圖依靠一種觀念上的巨變，來變換自己的作品面貌。因此也可以說，當一個作家高呼著口號、以發表這樣那樣宣言代替創作的時候，正是這個作家創作力已經衰退或是創作發生危機的表現。作家如果真的萌生了一種全新觀念，那他的創作前途將是輝煌的。但要一個寫出了代表作的作家脫胎換骨談何容易，包括三島這樣的奇才，也只能祭起武士道的舊旗——當然加以改造——來與自己做鬥爭了。他深刻地認識到了功成名就的危機，他不擇手段地想從泥潭中掙扎出來。但這樣做付出的代價是沉重的。這沉重的代價之一是三島從此喪失了純真文學的寶貴品格，變成了一個具有濃厚政治色彩的文學家；代價之二是他的強烈的理念部分地扼殺了他的形象思維能力。但三島別無選擇。與三島面臨著同樣困境的作家沒有比三島選擇得更好的了。寫完《金閣寺》之後的漫長歲月裡，三島在日本文壇上依然是焦點人物，他時而當導演，時而當演員，時而做編劇，時而發表政論，時而組織社團，可謂全面出擊，空前活躍。這些活動表現了三島多方面才能，也維持了三島赫赫的名聲。但三島骨子裡是個小說家，他真正鍾情的，真正看重的還是小說，我猜想三島在那些紛繁的歲月裡，始終處在痛苦和矛盾之中。他所極力宣揚的「新武士道」精神，並不一定是他真正信仰的，那不過是一棵移植來的樹，是三島自救的、漂浮在汪洋大海上的一根朽木，三島清醒地知道，他固然已經名滿天下，但還沒有一部堪稱經典的鉅著，來奠定他的大作家的地位，他的一切引起人們非議的行為，其實都是在為他的大長篇做思想上的和材料上的準備。他其實把他的《豐饒之海》看得遠比天皇重要。當他寫完這部鉅著後，他也必須死了。他已經騎在老虎的背上，他如果不死就將落下笑柄。

我猜想三島也是一個看重名利的人，他遠沒有中國舊文人的那種澹泊心境（絕大多數中國舊文人的澹泊也是無可奈何的）。他也是一個很在意評論家說好說壞的人，寫完《春雪》、《奔馬》後，他心中忐忑不安，直到得到了川端康成等人的邀賞，心中的一塊石頭才落了地。寫完《曉寺》後，評論家保持沉默，他便憤憤不平地對國外知音發牢騷。由此可見，三島並不是一個自信的人，評論家的吹捧會讓他得意忘形，評論家的貶低又會讓他灰心喪氣，甚至惱怒。三島並不完全相信自己的才華。他的自信心甚至不如中國當代的很多文壇少年，當然那些文壇少年的狂言豪語也許是夜行少年為消除恐懼而發出的嚎叫——壯膽而已，底氣卻很虛弱。我猜想三島並不總是文思潮湧，下筆千言，他也有寫不出來的時候。寫不出來時，他便帶著一群學生到自衛隊裡去受訓，歸根結柢，還是因為文學，因為小說，並不是他對天皇有多麼的忠誠。三島努力把自己扮演成一個威武的、有遠大政治理想和崇高信仰的角色，實則是藉此吸引淺薄的評論家的目光，是為他的大長篇做廣告。他最後的剖腹更是做了一個巨大的廣告，一個極其成功的大廣告，從他的頭顱落地那一刻起，一道血光便把他全部的作品照亮了，從此三島的文學便不朽。三島的親近政治是他的一種文學手段，是他的戲，但演久了，感情難免投入，有點弄假成真的意思。如果真是為國家為天皇，何必要等寫完《天人五衰》再行動？國家和天皇不比一部小說重要得多嗎？但三島的過人之處是他把這戲演到了極致，弄假成了真。大多數祭起口號的作家實現目的之後，馬上就會轉向。所以三島畢竟是了不起的。

我猜想三島臨終前是很猶豫的，他不想死，他很愛這個世界，但口號喊得太響了，不死無法向世人交代。所以三島其實是很有良心的老實人，你不剖腹誰又能管得著你？

我猜三島一生中最大的遺憾是不能看到他死後的情景，他一定百次千次地想像著他死後舉世轟動的情景，想像著死後他的文學受到世界文壇注目的情景。他常常被這些情景激動得熱淚盈眶，但熱淚流罷，遺憾更重。這是沒法兩全的事。於是他在死前把一切都安排得很妥當，為妻子留下遺書，把腕上的名錶贈給同黨、真要為天皇獻身帶著手錶去死也行啊，還顧得上這些雞毛蒜皮的小事。

三島的一生，寫了那麼多作品，幹了那麼多事情，最後又以那樣極端的方式結束，好像是非常複雜，但其實很簡單。三島是為文學而生又為文學而死，他是個徹頭徹尾的文人。他的政治活動骨子裡是文學的和為文學的，他的死也是文學的和為文學的。研究三島必須從文學出發，用文學的觀點和文學的方法，任何非文學的方法都會曲解三島。三島是個具有七情六欲的凡人，但最後那一刀使他成了神。三島本沒有難解之處，也是最後一刀使他成了謎，但幾十年之後，人們還在關注他，研究他，謎也就解開了。他要的就是這個效果。

作為一個作家，三島是傑出的，傑出的作家並非三島一人，但敢往肚子上捅刀子的作家就只有三島一人了。

這樣的靈魂是不能安息的。

# 超越故鄉

## 一、題解

當小說家妄圖把他的創作實踐「昇華」成指導創作實踐的理論時，當小說家妄圖從自己的小說裡抽象出關於小說的理論時，往往就陷入了尷尬的兩難境地。當然並不排除個別的小說家能寫出確實深奧的理論文章——一般地說，理論愈深奧離真理愈遠——但對大多數小說家而言，小說的理論就是小說的陷阱。在人生的天平上，你要麼是砝碼，要麼是需要衡量的物質；在冶鐵的作坊裡，你要麼是鐵砧，要麼是鐵鎚。這兩個斬釘截鐵的比喻其實並不嚴密。蝙蝠見到老鼠時說：我是你們的同類。蝙蝠見到燕子說：我也是飛鳥。但蝙蝠終究被生物學家歸到獸類裡，牠終究不是鳥。但蝙蝠終究能夠像鳥一樣在夕陽裡、甚至在暗夜裡飛翔，並因為名字的關係，被中國人視為吉祥的象徵。在不得已的時候，牠還是把自己說成是鳥——這就是我這樣的小說家對理論的態度。

## 二、小說理論的尷尬

毫無疑問，小說的理論是小說之後的產物，在沒有小說理論之前，小說已經洋洋蔚為大觀。最早的小說理論，應該是金聖嘆、毛宗崗父子夾雜在小說字裡行間那些斷斷續續的批語。根據我個人的閱讀經驗，這些批評文字與原小說中鋪陳炫技、牽強附會的詩詞一樣，都是閱讀的障礙，我是從不讀這些文字的。但金聖嘆們批評得津津有味，後代的小說理論家們也從這些文字裡發現了最早的小說理論與小說美學。由此可見，小說理論開始與小說毫無關係，也與絕大多數讀者沒有關係。批評小說的金聖嘆們首先是讀書入迷的讀者，心得太多，忍不住批批點點，這行為起始純屬自娛，但印到書上，性質就轉變為娛人，就具有了指導讀者閱讀欣賞的功能，倘若這讀者中有一個受他的啟發，提筆寫起小說來，那麼這些批評文字便具有了指導創作的功能。所以，小說理論產生於閱讀，小說理論的實踐是創作。最純粹的小說理論只具備指導閱讀和指導創作這兩個功能。但現代的或者是後現代的小說批評，早已變成了批評家們炫耀技巧、玩弄詞藻的跑馬場，與小說批評的本來意義剝離日久，橫行霸道的新潮小說批評早已擺脫了對小說的依存關係並日漸把小說變成批評的附庸，這種依存關係的顛倒，使小說理論與小說創作變成了幾乎互不相干的事情，小說已變成新潮批評家進行技巧表演時所需要的道具，這種小說批評的強烈的自我表演欲望和小說創作渴望被表演的欲望，就使得部分小說家變成了跪在小說批評家面前的齊眉舉案的賢妻，渴望被批評，渴望被強姦。存在的就是合理的。這種自成了體統的時髦小說批評終究會因其過分陽春白雪而走向自己的反面；而反璞歸真的小說批評會因其比小說更樸素的率直與坦白永遠生存下去。新潮小說理論操作方式是：把簡單的變成複雜的，把明白的變成晦澀的，在沒有象徵的地方搞出象徵，在沒有魔幻的地方弄出魔幻，把一個原來平庸的小說家抬舉到高深莫測的程度。樸素的小說理論操作方式是：把貌似複雜實則簡單的還原成簡單的，把故意晦澀的剝離成明白的，剔除人為的象徵，揭開魔術師的盒子。我傾向樸素的小說批評，因為樸素的小說批評是既對讀者負責又對小說負責同時也對批評者自己負責，儘管面對著這樣的批評和進行這樣的自我批評是與追求浮華綺靡的世風相悖的。

## 三、小說究竟是什麼

巴爾札克認為小說是一個民族的祕史，米蘭昆德拉認為小說是人類精神的最高綜合，普魯斯特認為小說是尋找逝去時間的工具——他的確也用這工具尋找到了逝去的時間，並把它物化在文字的海洋裡，物化在「瑪德萊娜」小糕點裡，物化在繁華綺麗、層層疊疊的對往昔生活回憶的描寫中。我也曾經多次狂妄地給小說下過定義：一九八四年，我曾說小說是小說家猖狂想像的記錄；一九八五年，我曾說小說是夢境與真實的結合；一九八六年，我曾說小說是一曲憂悒的、埋葬童年的輓歌；一九八七年，我曾說小說是人類情緒的容器；一九八八年我曾說小說是人類尋找失落的精神家園的古老的雄心；一九八九年我曾說小說是小說家精神生活的生理性切片；一九九〇年我曾說小說是一團火滾來滾去，是一股水湧來湧去，是一隻遍體輝煌的大鳥飛來飛去……玄而又玄，眾妙之門，有多少個小說家就有多少種關於小說的定義，這些定義往往都帶著強烈的感情色彩，都具有模糊性因而也就具有涵蓋性，都是相當形而上的，難以認真對待也不必要認真對待。高明的小說家喜歡跟讀者開玩笑，尤其願意對著喜歡把簡單問題複雜化的評論家惡作劇，當評論家對著一個古怪的詞語或者一個莫名其妙的細節抓耳撓腮時，小說家正站在他身後偷笑，喬伊斯在偷笑，福克納在偷笑，馬奎斯也在偷笑。

我無意作一篇深奧的論文，殺了我我也寫不出深奧的文章。我沒有理論素養，腦子裡沒有理論術語，而理論術語就像屠夫手裡的鋼刀，沒有它是辦不成事的。我的文章主要是為著文學愛好者的，我的文章遵循著實用主義的原則，對村裡的文學青年也許有點用，對城裡的所有人都沒有一點用。

剝掉成千上萬小說家和小說批評家們給小說披上的神祕的外衣，展現在我們面前的小說，就變成了幾個很簡單的要素：語言、故事、結構。語言由語法和字詞構成，故事由人物的活動和人物的關係構成，結構則基本上是一種技術。無論多麼高明的作家，無論多麼偉大的小說，也是由這些要素構成，調動著這些要素操作，所謂的作家的風格，也主要透過這三個要素——最主要的是透過語言和故事的要素表現出來，不但表現出作家的作品風格，而且表現出作家的個性特徵。

為什麼我用這樣的語言敘述這樣的故事？因為我的寫作是尋找失去的故鄉，因為我的童年生活的地方就是我的故鄉。作家的故鄉並不僅僅是指父母之邦，而是指童年乃至青年時代生活過的地方。馬奎斯說作家過了三十歲就像一隻老了的鸚鵡，再也學不會語言，大概也是指的作家與故鄉的關係。作家不是學出來的，寫作的才能如同一顆冬眠在心靈裡的種子，只要有了合適的外部條件就能開花結果，學習的過程，實際上就是尋找這顆種子的過程，沒有的東西是永遠也找不到的，所以，文學院裡培養的更多是一些懂得如何寫作但永遠也不會寫作的人。人人都有故鄉，但為什麼不能人人都成作家？這個問題應該由上帝來回答。

上帝給了你能夠領略人類感情變遷的心靈，故鄉賦予你故事、賦予你語言，剩下的便是你自己的事情了，誰也幫不上你的忙。

我終於逼近了問題的核心：小說家與故鄉的關係，更準確地說是：小說家創造的小說與小說家的故鄉的關係。

## 四、故鄉的制約

十八年前，當我作為一個地地道道的農民在高密東北鄉貧瘠的土地上辛勤勞作時，我對那塊土地充滿了刻骨的仇恨。它耗乾了祖先們的血汗，也正在消耗著我的生命。我們面朝黃土背朝天，比牛馬付出的還要多，得到的卻是衣不蔽體，食不果腹的淒涼生活。夏天我們在酷熱中煎熬，冬天我們在寒風中顫慄。一切都看厭了，歲月在麻木中流逝著，那些低矮、破舊的草屋，那條乾涸的河流，那些土木偶像般的鄉親，那些凶狠奸詐的村幹部，那些愚笨驕橫的幹部子弟……當時我會幻想著，假如有一天，我能幸運地逃離這塊土地，我絕不會再回來。所以，當我爬上一九七六年二月十六日裝運新兵的卡車時，當那些與我同車的小伙子流著眼淚與送行者告別時，我連頭也沒回。我感到我如一隻飛出了牢籠的鳥。我覺得那兒已經沒有任何值得我留戀的東西了。我希望汽車開得愈快、開得愈遠愈好，最好能開到海角天涯。當汽車停在一個離高密東北鄉只有二百里的軍營，帶兵的人說到了目的地時，我感到深深的失望。多麼遺憾這是一次不過癮的逃離，故鄉如一個巨大的陰影，依然籠罩著我。但兩年後，當我重新踏上故鄉的土地時，我的心情竟是那樣的激動。當我看到滿身塵土、滿頭麥芒、眼睛紅腫的母親艱難地挪動著小腳從打麥場上迎著我走來時，一股滾熱的液體哽住了我的喉嚨，我的眼睛裡飽含著淚水——這情景後來被寫進我的小說〈爆炸〉裡——為什麼眼睛裡飽含著淚水，因為我愛你愛得深沉——那時候，我就隱隱約約地感覺到了故鄉對一個人的制約。對於生你養你、埋葬著你祖先靈骨的那塊土地，你可以愛它，也可以恨它，但你無法擺脫它。因此，「大風起兮雲飛揚，威加海內兮歸故鄉」，因此，「我欲渡河河無梁，願化黃鵠還故鄉。還故鄉，入故里，徘徊故鄉，苦身不已。繁舞寄聲無不泰，徘徊桑梓遊天外」。功成名就了要回故鄉，「富貴不還故鄉，猶如衣錦夜行」，窮愁潦倒了要回故鄉，「羈鳥戀舊林，池魚思故鄉」，垂垂將老了要歸故鄉，「孤死歸首丘，故鄉安可忘」……遍翻文學史，上下五千年，英雄豪傑、浪子騷客如過江之鯽絡繹不絕，留下的和沒留下的詩篇裡，故鄉始終是一個主題，一個憂傷而甜蜜的情結，一個命定的歸宿，一個渴望中的，或現實中的最後的表演舞台。劉邦是作為成功者進行了一次不成功的表演——被他的老鄉親揭了市井流氓的老底，項羽作為一個失敗者，無顏見江東父老，寧死也不肯過江東了。實際上，這種兒女情長的思鄉情緒在某種程度上是毀了項羽帝王基業的重要原因。英雄豪傑難以切斷故鄉這根臍帶，何論凡夫俗子？四面楚歌，逃光了江東子弟，是故鄉情結作怪也。英雄豪傑的故鄉情融鑄成歷史，文人墨客的故鄉情吟誦成詩篇。千秋萬代，此劫難逃。

一九七八年，在枯燥的軍營生活中，我拿起了創作的筆，本來想寫一篇以海島為背景的軍營小說，但湧到我腦海裡的，卻都是故鄉的情景。故鄉的土地、故鄉的河流、故鄉的植物，包括大豆，包括棉花，包括高粱，紅的白的黃的，一片一片的，海市蜃樓般的，從我面前的層層海浪裡湧現出來。故鄉的方言土語，從喧譁的海洋深處傳來，在我耳邊繚繞。當時我努力抵制著故鄉的聲色犬馬對我的誘惑，去寫海洋、山巒、軍營，雖然也發表了幾篇這樣的小說，但一看就是假貨，因為我所描寫的東西與我沒有絲毫感情上的聯繫，我既不愛它們，也不恨它們。在以後的幾年裡，我一直採取著這種極端錯誤地抵制故鄉的態度。為了讓小說道德高尚，我給主人公的手裡塞一本《列寧選集》，為了讓小說有貴族氣息，我讓主人公日彈鋼琴三百曲……胡編亂造，附庸風雅，吃一片洋麵包，便學著放洋屁；嘬一頓涮羊肉，便改行做回民。就像漁民的女兒是蒲扇腳、牧民的兒子是鐮柄腳一樣，我這個二十歲才離了高密東北鄉的土包子，無論如何喬裝打扮，也成不了文雅公子，我的小說無論裝點什麼樣的花環，也只能是地瓜小說。其實，就在我做著遠離故鄉的努力的同時，我卻在一步步地、不自覺地向故鄉靠攏。到了一九八四年秋天，在一篇題為〈白狗秋千架〉的小說裡，我第一次戰戰兢兢地打起了「高密東北鄉」的旗號，從此便開始了嘯聚山林、打家劫舍的文學生涯，「原本想趁火打劫，誰知道弄假成真」。我成了文學的「高密東北鄉」的開天闢地的皇帝，發號施令，頤指氣使，要誰死誰就死，要誰活誰就活，飽嘗了君臨天下的樂趣。什麼鋼琴啦、麵包啦、原子彈啦、臭狗屎啦、摩登女郎、地痞流氓、皇親國戚、假洋鬼子、真傳教士……統統都塞到高粱地裡去了。就像一位作家說的那樣：「莫言的小說都是從高密東北鄉這條破麻袋裡摸出來的。」他的本意是譏諷，我卻把這譏諷當成了對我的最高的嘉獎，這條破麻袋，可真是好寶貝，狠狠一摸，摸出部長篇，輕輕一摸，摸出部中篇，伸進一個指頭，沾出幾個短篇。——之所以說這些話，因為我認為文學是吹牛的事業但不是拍馬屁的事業，罵一位小說家是吹牛大王，就等於拍了他一個響亮的馬屁。

從此之後，我感覺到那種可以稱為「靈感」的激情在我胸中奔湧，經常是在創作一篇小說的過程中，又構思出了新的小說。這時我強烈地感覺到，二十年農村生活中，所有的黑暗和苦難，都是上帝對我的恩賜。雖然我身居鬧市，但我的精神已回到故鄉，我的靈魂寄託在對故鄉的回憶裡，失去的時間突然又以充滿聲色的畫面的形式，出現在我的面前。這時，我才感到自己比較地理解了普魯斯特和他的《追憶似水年華》。

放眼世界文學史，大凡有獨特風格的作家，都有自己的一個文學共和國。威廉·福克納有他的「約克那帕托法郡」，賈西亞·馬奎斯有他的「馬康多」

小鎮，魯迅有他的「魯鎮」，沈從文有他的「邊城」。而這些的文學的共和國，無一不是在它們的君主的真正的故鄉的基礎上創建起來的。還有許許多多的作家，雖然沒把他們的作品限定在一個特定的文學地理名稱內，但裡邊的許多描寫，依然是以他們的故鄉和故鄉生活為藍本的。D·H·勞倫斯的幾乎所有的小說裡都瀰漫著諾丁漢郡伊斯特伍德煤礦區的煤粉和水汽；肖洛霍夫的《靜靜的頓河》裡的頓河就是那條哺育了哥薩克的草原也哺育了他的頓河，所以他才能吟唱出「哎呀，靜靜的頓河，你是我們的父親！」那樣悲愴蒼涼的歌謠。

這樣的例子不勝枚舉。

為什麼會是這樣呢？

## 五、故鄉是「血地」

在本文的第三節中我曾特別強調過：作家的故鄉並不僅僅是指父母之

邦，而是指作家在那裡度過了童年乃至青年時期的地方。這地方有母親生你時流出的血，這地方埋葬著你的祖先，這地方是你的「血地」。幾年前我在接受一個記者的採訪時，曾就「知青作家」寫農村題材的問題發表過一些不合時宜的言論，我大概的意思是，知青作家下到農村時，一般都是青年了，思維方式已經定型，所以他們儘管目睹了農村的愚昧落後，親歷了農村的物質貧困和勞動艱辛，但卻無法理解農民的思維方式。這些話當即遭到反駁，反駁者並舉出鄭義、李銳、史鐵生等寫農村題材的「知青作家」為例來批駁我的觀點。毫無疑問，上述三位都是我所敬重的出類拔萃的作家，他們的作品裡有一部分是傑出的農村題材小說，但那畢竟是知青寫的農村，總透露著一種隱隱約約的旁觀者態度。這些小說缺少一種很難說清的東西（這絲毫不影響小說的藝術價值），其原因就是這地方沒有作家的童年，沒有與你血肉相連的情感。所以「知青作家」一般都能兩手操作，一手寫農村，一手寫都市，而寫都市的篇章中往往有感情飽滿的傳世之作，如史鐵生的著名散文〈我與地壇〉。史氏的〈我的遙遠的清平灣〉雖也是出色作品，但較之〈我與地壇〉，則明顯遜色。〈我與地壇〉裡有宗教，有上帝，更重要的是：有母親，有童年。這裡似乎有一個悖論：〈我與地壇〉主要是寫作家因病回城的生活的，並不是寫他的童年。我的解釋是：史氏的「血地」是北京，他自稱插隊前跟隨著父母搬了好幾次家，始終圍繞著地壇，而且是愈搬愈近——他是呼吸著地壇裡的繁花佳木排放出的新鮮氧氣長大的孩子。他的地壇是他的「血地」的一部分——我一向不敢分析同代人的作品，鐵生兄佛心似海，當能諒我。

有過許多關於童年經驗與作家創作關係的論述，李贄提出「童心」說，他認為：「夫童心者，絕假純真，最初一念之本心也。」有了「最初一念之本心」，就能看到一個真實的世界。如康．巴烏斯托夫斯基說：「對生活，對我們周圍一切的詩意的理解，是童年時代給我們的最偉大的饋贈。如果一個人在悠長而嚴肅的歲月中，沒有失去這個饋贈，那就是詩人和作家。」（《金薔薇》）最著名的當數海明威的名言：「不幸的童年是作家的搖籃。」當然也有童年幸福的作家，但即便是幸福的童年經驗，也是作家的最寶貴的財富。從生理學的角度講，童年是弱小的，需要救助的；從心理學的角度講，童年是夢幻的、恐懼的、渴望愛撫的；從認識論的角度講，童年是幼稚的、天真、片面的。這個時期的一切感覺是最膚淺的也是最深刻的，這個時期的一切經驗更具有藝術的色彩而缺乏實用的色彩，這個時期的記憶是刻在骨頭上的而成年後的記憶是留在皮毛上的。而不幸福的童年最直接的結果就是一顆被扭曲的心靈，畸形的感覺、病態的個性，導致無數的千奇百怪的夢境和對自然、社會、人生的駭世驚俗的看法，這就是李贄的「童心」說和海明威「搖籃」說的本意吧。問題的根本是：這一切都是發生在故鄉，我所界定的故鄉概念，其重要內涵就是童年的經驗。如果承認作家對童年經驗的依賴，也就等於承認了作家對故鄉的依賴。

有幾位評論家曾以我為例，分析過童年視角與我的創作的關係，其中寫得沾邊的，是上海作家程德培的〈被記憶纏繞的世界〉，副題是「莫言創作中的童年視角」，程說：「這是一個聯繫著遙遠過去的精靈的遊蕩，一個由無數感覺相互交織與撞擊而形成的精神的迴旋，一個被記憶纏繞的世界。」「作者經常用一種現時的順境來映現過去的農村生活，而在這種『心靈化』的疊影中，作者又復活了自己孩提時代的痛苦與歡樂。」程還直接引用了我的小說〈大風〉中的一段話：「童年時代就像沙丘消逝在這條灰白的鑲著野草的河堤上，爺爺用他的手臂推著我的肉體，用他的歌聲推著我的靈魂，一直向前走。」程說：「莫言的作品經常寫到飢餓和水災，這絕非偶然。對人的記憶來說，這無疑是童年生活所留下的陰影，而一旦這種記憶中的陰影要頑強地在作品中表現出來的時候，它又成了作品本身不可或缺的色調與背景。」程說：「在缺乏撫愛與物質的貧困面前，童年時代的黃金輝光便開始黯然失色。於是，在現實生活中消失的光澤，便在想像的天地中化為感覺與幻覺的精靈。微光既是對黑暗的心靈抗爭，亦是一種補充，童年失去的東西愈多，抗爭與補充的欲望就愈強烈。」——再引用下去便有剽竊之嫌，但季紅真說：「一個在鄉土社會度過了少年時代的作家，是很難不以鄉土社會作為審視世界的基本視角的。童年的經驗，常常是一個作家重要的創作衝動，特別是在他的創作之始。莫言的小說首次引起普遍的關注，顯然是一批以童年的鄉土社會經驗為題材的作品。鄉土社會的基本視角與有限制的童年視角相重疊代表他這一時期的敘述個性，並且在他的文本序列中，表徵出戀鄉與怨鄉的雙重心理情結。」

評論家像火把一樣照亮了我的童年，使許多往事出現在眼前，我不得不又一次引用流氓皇帝朱元璋對他的謀士劉基說的話：原本是趁火打劫，誰知道弄假成真！

一九五五年春天，我出生在高密東北鄉一個偏僻落後的小村裡。我出生的房子又矮又破，四處漏風，上面漏雨，牆壁和房笆被多年的炊煙熏得漆黑。根據村裡古老的習俗，產婦分娩時，身下要墊上從大街上掃來的浮土，新生兒一出母腹，就落在這土上。沒人對我解釋過這習俗的意義，但我猜想到這是「萬物土中生」這一古老信念的具體實踐。我當然也是首先落在了那堆由父親從大街上掃來的被千人萬人踩踐過、混雜著牛羊糞便和野草種籽的浮土上。這也許是我終於成了一個鄉土作家而沒有成為一個城市作家的根本原因吧。我的家族成員很多，有爺爺、奶奶、父親、母親、叔叔、嬸嬸、哥哥、姊姊，後來我嬸嬸又生了幾個比我小的男孩。我們的家族是當時村裡人口最多的家族。大人們都忙著幹活，沒人管我，我悄悄地長大了。我小時候能在一窩螞蟻旁邊蹲整整一天，看著那些小東西忙忙碌碌地進進出出，腦子裡轉動著許多稀奇古怪的念頭。我記住的最早的一件事，是掉進盛夏的茅坑裡，灌了一肚子糞水。我大哥把我從坑裡救上來，抱到河裡去洗乾淨了。那條河是耀眼的，河水是滾燙的，許多赤裸著身體的黑大漢在河裡洗澡、抓魚。正如程德培猜測的一樣，童年留給我的印象最深刻的事就是洪水和飢餓。那條河裡每年夏、秋總是洪水滔滔，浪濤澎湃，水聲喧譁，從河中升起。坐在我家炕頭上，就能看到河中的高過屋脊的洪水。大人們都在河堤上守護著，老太婆燒香磕頭祈禱著，傳說中的鱉精在河中興風作浪。每到夜晚，到處都是響亮的蛙鳴，那時的高密東北鄉確實是水族們的樂園，青蛙能使一個巨大的池塘改變顏色。滿街都是蠢蠢爬動的癩蛤蟆，有的蛤蟆大如馬蹄，令人望之生畏。那時的氣候是酷熱的，那時的孩子整個夏天都不穿衣服。我上小學一年級時就是光著屁股赤著腳，一絲不掛地去的，最早教我們的是操外縣口音的紀老師，是個大姑娘，一進教室看到一群光腚猴子，嚇得轉身逃走。那時的冬天是奇冷的，夜晚是真正的伸手不見五指。田野裡一片片綠色的鬼火閃閃爍爍，常常有一些巨大的、莫名其妙的火球在暗夜中滾來滾去。那時死人特別多，每年春天都有幾十個人被餓死。那時我們都是大肚子，肚皮上滿是青筋，肚皮薄得透明，腸子蠢蠢欲動……這一切，都如眼前的情景，歷歷在目。所以當我第一次讀了賈西亞．馬奎斯的《百年孤寂》之後，便產生了強烈的共鳴，同時也惋惜不已，這些奇情異景，只能用別的方式寫出，而不能用魔幻的方式表現了。由於我相貌醜、喜歡尿床、嘴饞手懶，在家族中是最不討人喜歡的一員，再加上生活貧困、政治壓迫使長輩們心情不好，所以我的童年是黑暗的，恐怖、飢餓伴隨我成長。這樣的童年也許是我成為作家的一個重要原因吧。這樣的童年必然地建立了一種與故鄉血肉相連的關係，故鄉的山川河流、動物植物都被童年的感情浸淫過，都帶上了濃厚的感情色彩，許多後來的朋友都忘記了，但故鄉的一切都忘不了。高粱葉子在風中飄揚，成群的螞蚱在草地上飛翔，牛脖上的味道經常進入我的夢，夜霧瀰漫中，突然響起了狐狸的鳴叫，梧桐樹下，竟然蟄伏著一隻像磨盤那麼大的癩蛤蟆，比斗笠還大的黑蝙蝠在村頭的破廟裡鬼鬼祟祟地滑翔著……總之，截至到目前為止的我的作品裡，都充滿著我童年時的感覺，而我的文學的生涯，則是從我光著屁股走進學校的那一刻開始。

## 六、故鄉就是經歷

英年早逝的美國作家托馬斯．沃爾夫堅決地說：「一切嚴肅的作品說到底必然都是自傳性質的，而且一個人如果想要創造出任何一件具有真實價值的東西，他便必須使用他自己生活中的素材和經歷。」（托馬斯．沃爾夫講演錄《一部小說的故事》）他的話雖然過分絕對化，但確有他的道理。任何一個作家——真正的作家——都必然地要利用自己的親身經歷來編織故事，而情感的經歷比身體的經歷更為重要。作家在利用自己的親身經歷時，總是想把自己隱藏起來，總是要將那經歷改頭換面，但明眼的批評家也總是能揪住狐狸的尾巴。

托馬斯．沃爾夫在他的傑作《天使望故鄉》裡幾乎是原封不動地搬用了他故鄉的材料，以致小說發表後，激起了鄉親們的憤怒，使他幾年不敢回故鄉。托馬斯．沃爾夫是一個極端的例子。諸如因使用了某些親歷材料而引起官司的，也屢見不鮮。如巴爾加斯．尤薩的《胡利婭姨媽與作家》就因過分「忠於」事實而引起胡利婭的憤怒，自己也寫了一本《作家與胡利婭姨媽》

來澄清事實。

所謂「經歷」，大致是指一個人在某段時間內、在某個環境裡、幹了一件什麼事，並與某些人發生了這樣那樣的、直接或間接的關係。一般來說，作家很少原封不動地使用這些經歷，除非這經歷本身已經比較完整。

在這個問題上，故鄉與寫作的關係並不特別重要，因為有許多作家在逃離故鄉後，也許經歷了驚心動魄的事。但對我個人而言，離開故鄉後的經歷平淡無奇，所以，就特別看重故鄉的經歷。

我的小說中，直接利用了故鄉經歷的，是短篇小說〈枯河〉和中篇小說〈透明的紅蘿蔔〉。

「文革」期間，我十二歲那年秋天，在一個橋梁工地上當了小工，起初砸石子，後來給鐵匠拉風箱，在一個陽光明媚的中午，鐵匠們和石匠們躺在橋洞裡休息，因為腹中飢餓難捱，我溜到生產隊的蘿蔔地裡，拔了一棵紅蘿蔔，正要吃時，被一個貧下中農抓住了。他揍了我一頓，拖著我往橋梁工地上送。我賴著不走，他就十分機智地把我腳上那雙半新的鞋子剝走，送到工地領導那兒。捱到天黑，因為怕丟了鞋子回家挨揍，只好去找領導要鞋。領導是個猿猴模樣的人，他集合起隊伍，讓我向毛主席請罪。隊伍聚在橋洞前，二百多人站著，黑鴉鴉一片。太陽正在落山，半邊天都燒紅了，像夢境一樣。領導把毛主席像掛起來，讓我請罪。

我哭著，跪在毛主席像前結結巴巴地說：「毛主席……我偷了一個紅蘿蔔……犯了罪……罪該萬死……」

民工們都低著頭，不說話。

張領導說：「認識還比較深刻，饒了你吧。」

張領導把鞋子還了我。

我忐忑不安地往家走。回家後就挨了一場毒打。出現在〈枯河〉中的這段文字，幾乎是當時情景的再現：

哥哥把他扔到院子裡，對準他的屁股用力踢了一腳，喊道：「起來，你專門給家裡闖禍！」他躺在地上不肯動，哥哥很用力地連續踢著他的屁股，說：「滾起來，你做了孽還有功啦是不？」

他奇蹟般站起來（在小說中，他此時已被村支部書記打了半死），一步步倒退到牆角上去，站定後，驚恐地看著瘦長的哥哥。

哥哥憤怒地對母親說：「砸死他算了，留著也是個禍害。本來今年我還有希望去當兵，這下全完了。」

他悲哀地看著母親。母親從來沒有打過他。母親流著眼淚走過來。他委屈地叫了一聲娘。

……母親戴著鐵頂針的手狠狠地抽到他的耳門上，他乾嚎了一聲……母親從草垛上抽出一根乾棉花柴，對著他沒鼻子沒眼地抽著。

父親一步步走上來。夕陽照著父親愁苦的面孔……父親左手拎著他的脖子，右手拎著一只鞋子……父親的厚底老鞋第一下打在他的腦袋上，把他的脖子幾乎釘進腔子裡去。那只老鞋更多的是落在他的背上，急一陣，慢一陣，鞋底愈來愈薄，一片片泥土飛散著……

抄寫著這些文字，我的心臟一陣陣不舒服，看過〈枯河〉的人也許還記得，那個名叫小虎的孩子，最終是被自己的親人活活打死的，而真實的情況是：當父親用沾了鹽水的繩子打我時，爺爺趕來解救了我。爺爺當時憤憤地說：「不就是拔了個鳥操的蘿蔔麼！還用得著這樣打?!」爺爺與我小說中的土匪毫無關係，他是個勤勞的農民，對人民公社一直有看法，他留戀二十畝地一頭牛的小農生活。他一直揚言：人民公社是兔子尾巴長不了。想不到如今果真應驗了。父親是好父親，母親是好母親，促使他們痛打我的原因一是因為我在毛澤東像前當眾請罪傷了他們的自尊心，二是因為我家出身上中農，必須老老實實，才能苟且偷安。我的〈枯河〉實則是一篇聲討極左路線的檄文，在不正常的社會中，是沒有愛的，環境使人殘酷無情。

當然，並非只有挨過毒打才能寫出小說，但如果沒有這段故鄉經歷，我絕寫不出〈枯河〉。同樣，也寫不出我的成名之作〈透明的紅蘿蔔〉。

〈透明的紅蘿蔔〉寫在〈枯河〉之前。此文以純粹的「童年視角」為批評家稱道，為我帶來了聲譽，但這一切，均於無意中完成，寫作時根本沒想到什麼視角，只想到我在鐵匠爐邊度過的六十個日日夜夜。文中那些神奇的意象、古怪的感覺，蓋源於我那段奇特經歷。畸形的心靈必然會使生活變形，所以在文中，紅蘿蔔是透明的，火車是匍匐的怪獸，頭髮絲兒落地訇然有聲，姑娘的圍巾是燃燒的火苗……

將自己的故鄉經歷融匯到小說中去的例子，可謂俯拾皆是：水上勉的《雪孩兒》、《雁寺》，福克納的《熊》，川端康成的《雪國》，勞倫斯的《兒子與情人》……這些作品裡，都清晰地浮現著作家的影子。

一個作家難以逃脫自己的經歷，而最難逃脫的是故鄉經歷。有時候，即便是非故鄉的經歷，也被移植到故鄉的經歷中。

## 七、故鄉的風景

風景描寫——環境描寫——地理環境、自然植被、人文風俗、飲食起居，等等諸如此類的描寫，是近代小說的一個重要構成部分。即便是繼承中國傳統小說寫法的「山藥蛋」鼻祖趙樹理的小說，也還是有一定比例的風景描寫。當你構思了一個故事，最方便的寫法是把這故事發生的環境放在你的故鄉。孫犁在荷花淀裡，老舍在小羊圈胡同裡，沈從文在鳳凰城裡，馬奎斯在馬孔多，喬伊斯在都柏林，我當然是在高密東北鄉。

現代小說的所謂氣氛，實則是由主觀性的、感覺化的風景——環境描寫製造出來的。巴爾札克式的照相式的繁瑣描寫已被當代小說家所拋棄。在當代小說家筆下，大自然是有靈魂的，一切都是通靈的，而這萬物通靈的感受主要是依賴著童年的故鄉培育發展起來的。用最通俗的說法是：寫你熟悉的東西。

我不可能把我的人物放到甘蔗林裡去，我只能把我的人物放到高粱地裡。因為我很多次地經歷過高粱從播種到收穫的全部過程，我閉著眼睛就能想到高粱是怎樣一天天長成的。我不但知道高粱的味道，甚至知道高粱的思想。馬奎斯是世界級大作家，但他寫不了高粱地，他只能寫他的香蕉林，因為高粱地是我高密東北鄉文學王國的一個重要組成部分，這裡反抗任何侵入者，就像當年反抗日本侵略者一樣。同樣，我也絕對不敢去寫拉丁美洲的熱帶雨林，那不是我的故鄉。

回到了故鄉我如魚得水，離開了故鄉我舉步艱難。

我在〈枯河〉裡寫了故鄉的河流，在〈透明的紅蘿蔔〉裡寫了故鄉的橋洞和黃麻地，在〈歡樂〉中寫了故鄉的學校和池塘，在〈白棉花〉裡寫了故鄉的棉田和棉花加工廠，在〈球狀閃電〉中寫了故鄉的草甸子和蘆葦地，在〈爆炸〉中寫了故鄉的衛生院和打麥場，在〈金髮嬰兒〉中寫了故鄉的道路和小酒店，在〈老槍〉中寫了故鄉的梨園和窪地，在〈白狗秋千架〉中寫了故鄉的白狗和橋頭，在《天堂蒜薹之歌》中寫了故鄉的大蒜和槐林，儘管這個故事是取材於震驚全國的「蒼山蒜薹事件」，但我卻把它搬到了高密東北鄉，因為我腦子裡必須有一個完整的村莊，才可能得心應手地調度我的人物。

故鄉的風景之所以富有靈性、魅力無窮，主要的原因是故鄉的風景裡有童年。我在〈透明的紅蘿蔔〉中寫一個大橋洞，寫得那麼高大、神奇，但當我陪著幾個攝影師重返故鄉去拍攝這個橋洞時，不但攝影師們感到失望，連我自己也感到驚訝。毫無疑問眼前的橋洞還是當年的那個橋洞，但留在我腦海裡的高大宏偉、甚至帶著幾分莊嚴的感覺不知跑到哪裡去了。眼前的橋洞又矮又小，伸手即可觸摸洞頂。橋洞還是那個橋洞，但我已不是當年的我。這也進一步證明了我在〈透明的紅蘿蔔〉中的確運用了童年視角。文中的景物都是故鄉的童年印象，是變形的、童話化了的，小說的濃厚的童話色彩賴此產生。

## 八、故鄉的人物

一九八八年春天的一個上午，我正在高密東北鄉的一間倉庫裡寫作時，一個衣衫襤褸的老人走進了我的房間。他叫王文義，按輩分我該叫他叔。我慌忙起身讓座、敬菸。他抽著菸、不高興地問：「聽說你把我寫到書裡去了？」我急忙解釋，說那是一時的糊塗，現在已經改了，云云。老人抽了一枝菸，便走了。我獨坐桌前、沉思良久。我的確把這個王文義寫進了小說《紅高粱家族》，當然有所改造。王文義當過八路，在一次戰鬥中，耳朵受了傷，他扔掉大槍，捂著頭跑回來，大聲哭叫著：「連長，連長，我的頭沒有了……」連長踢了他一腳。罵道：「混蛋，沒有頭還能說話！你的槍呢？」王文義說：「扔到壕溝裡了。」連長罵了幾句，又冒著彈雨衝上去，把那枝大槍摸回來。這件事在故鄉是當笑話講的，王文義也供認不諱。別人嘲笑他膽小時，他總是笑。

我寫《紅高粱家族》時，自然地想到了王文義，想到了他的模樣、聲音、表情，他所經歷的那場戰鬥，也彷彿在我眼前。我原想換一個名字，叫王三王四什麼的，但一換名字，那些有聲有色的畫面便不見了。可見在某種情況下，名字並不僅僅是個符號，而是一個生命的組成部分。

我從來沒感受到過素材的匱乏，只要一想到家鄉，那些鄉親們便奔湧前來，他們個個精采，形貌各異，妙趣橫生，每個人都有一串故事，每個人都是現成的典型人物。我寫了幾百萬字的小說，只寫故鄉的邊邊角角，許多非常文學的人，正站在那兒等待著我。故鄉之所以會成為我創作的不竭的源泉，是因為隨著我年齡、閱歷的增長，會不斷地重塑故鄉的人物、環境等。這就意味著一個作家可以在他一生的全部創作中不斷地吸收他的童年經驗的永不枯竭的資源。

## 九、故鄉的傳說

其實，我想，絕大多數的人，都是聽著故事長大的，並且都會變成講述故事的人。作家與一般的故事講述者的區別是把故事寫成文字。往往愈是貧窮落後的地方故事愈多。這些故事一類是妖魔鬼怪，一類是奇人奇事。對於作家來說，這是一筆巨大的財富，是故鄉最豐厚的饋贈。故鄉的傳說和故事，應該屬於文化的範疇，這種非典籍文化，正是民族的獨特氣質和秉賦的搖籃，也是作家個性形成的重要因素。馬奎斯如果不是從外祖母嘴裡聽了那麼多的傳說，絕對寫不出他的驚世之作《百年孤寂》。《百年孤寂》之所以被卡洛斯．富恩特斯譽為「拉丁美洲的聖經」，其主要原因是「傳說是架通歷史與文學的橋梁」。

我的故鄉離蒲松齡的故鄉三百里，我們那兒妖魔鬼怪的故事也特別發達。許多故事與《聊齋》的故事大同小異。我不知道是人們先看了《聊齋》後講故事，還是先有了這些故事而後有《聊齋》。我寧願先有了鬼怪妖狐而後有《聊齋》。我想當年蒲留仙在他的家門口大樹下擺著茶水請過往行人講故事時，我的某一位老鄉曾飲過他的茶水，並為他提供了故事素材。

我的小說中直寫鬼怪的不多，〈草鞋窨子〉裡寫了一些，〈生蹼的祖先〉中寫了一些。但我必須承認少時聽過的鬼怪故事對我產生的深刻影響，它培養了我對大自然的敬畏，它影響了我感受世界的方式。童年的我是被恐怖感緊緊攫住的。我獨自一人站在一片高粱地邊上時，聽到風把高粱葉子吹得颯颯作響，往往周身發冷，頭皮發炸，那些揮舞著葉片的高粱，宛若一群張牙舞爪的生靈，對著我撲過來，於是我便怪叫著逃跑了。一條河流，一棵老樹，一座墳墓，都能使我感到恐懼，至於究竟怕什麼，我自己也解釋不清楚。但我懼怕的只是故鄉的自然景物，別的地方的自然景觀無論多麼雄偉壯大，也引不起我的敬畏。

奇人奇事是故鄉傳說的重要內容。我曾在一篇文章中寫過：歷史在某種意義上就是一堆傳奇故事，愈是久遠的歷史，距離真相愈遠，距離文學愈近。所以司馬遷的《史記》根本不能當作歷史來看。歷史上的人物、事件在民間口頭流傳的過程，實際上就是一個傳奇化的過程。每一個傳說者，為了感染他的聽眾，都在不自覺地添油加醋，再到後來，麻雀變成了鳳凰，野兔變成了麒麟。歷史是人寫的，英雄是人造的。人對現實不滿時便懷念過去；人對自己不滿時便崇拜祖先。我的小說《紅高粱家族》大概也就是這類東西。事實上，我們的祖先跟我們差不多，那些昔日的榮耀和輝煌大多是我們的理想。然而這把往昔理想化、把古人傳奇化的傳說，恰是小說家取之不盡，用之不竭的創作源泉。它是關於故鄉的、也是關於祖先的，於是便與作家產生了水乳交融的關係，於是作家在利用故鄉傳說的同時，也被故鄉傳說利用著。故鄉傳說是作家創作的素材，作家則是故鄉傳說的造物。

## 十、超越故鄉

還是那個托馬斯・沃爾夫說過：「我已經發現，認識自己故鄉的辦法是離開它；尋找到故鄉的辦法，是到自己心中去找它、到自己的頭腦中、自己的記憶中、自己的精神中以及到一個異鄉去找它。」（托馬斯・沃爾夫講演錄《一部小說的故事》）他的話引起我強烈的共鳴——當我置身於故鄉時，眼前的一切都是爛熟的風景，絲毫沒能顯示出它們內在的價值，它們的與眾不同，但當我遠離故鄉後，當我拿起文學創作之筆後，我便感受到一種無家可歸的痛苦，一種無法抑制的對精神故鄉的渴求便產生了。你總得把自己的靈魂安置在一個地方，所以故鄉變成為一種寄託，變成為一個置身都市的鄉土作家的最後的避難所。肖洛霍夫和福克納更徹底——他們乾脆搬回到故鄉去居住了——也許在不久的將來，我也會回到高密東北鄉去，遺憾的是那裡的一切都已面目全非，現實中的故鄉與回憶中的故鄉、與我用想像力豐富了許多的故鄉已經不是一回事。作家的故鄉更多的是一個回憶往昔的夢境，它是以歷史上的某些真實生活為根據的，但平添了無數的花草，作家正像無數的傳說者一樣，為了吸引讀者，不斷地為他夢中的故鄉添枝加葉——這種將故鄉夢幻化、將故鄉情感化的企圖裡，便萌動了超越故鄉的希望和超越故鄉的可能性。

高舉著鄉土文學的旗幟的作家，大致可以分為這樣兩種類型：一種是終生廝守於此，忠誠地為故鄉唱著讚歌，作家的道德價值標準也就是故鄉的道德價值標準，他們除了記錄，不再做別的工作，這樣的作家也許能成為具有地方色彩的作家，但這地方色彩不是真正意義上的文學風格。所謂的文學風格，並不僅僅是指搬用方言土語、描寫地方景物，而是指一種溶鑄著作家獨特思維方式、獨特思想觀點的獨特風貌，從語言到故事、從人物到結構，都是獨特的、區別他人的。而要形成這樣的風格，作家的確需要遠離故鄉，獲得多樣的感受，方能在參照中發現故鄉的獨特，先進的或是落後的；方能發現在諸多的獨特性中所包含著的普遍性，而這特殊的普遍，正是文學衝出地區、走向世界的通行證。這也就是托．斯．艾略特在他的著名論文〈美國文學和美國語言〉中所指出的：「任何一位在民族文學發展過程中能夠代表一個時代的作家都應具備這兩種特性——突發地表現出來的地方色彩和作品的自在的普遍意義……假如在相當長的一段時間內，外國人對某位作家的傾慕始終不變，這就足以證明這位作家善於在自己寫作的書裡，把地區性的東西和普遍性的東西結合在一起。」沈從文、馬奎斯、魯迅等人，正是這一類遠離故鄉之後，把故鄉作為精神支柱，讚美著它、批判著它，豐富著它、發展著它，最終將特殊中的普遍凸現出來，獲得了走向世界的通行證的作家。

托馬斯．沃爾夫在他短暫一生的後期，意識到自己有必要從自我中跳出來，從狹隘的故鄉觀念中跳出來，去盡量地理解廣大的世界，用更嶄新的思想去洞察生活，把更豐富的生活寫進自己的作品，可惜他還沒來得及認真去做就去世了。

蘇聯文藝評論家T．B．巴里耶夫斯基曾經精闢地比較過海明威、奧爾丁頓等作家與福克納的區別：「福克納這時走的卻是另一條路。他在當前的時代中尋求某種聯繫過去時代的東西，一種連綿不斷的人類價值的紐帶；並且發現這種紐帶源出於他的故鄉密西西比河一小塊土地。在這兒他發現了一個宇宙，一種斬不斷的和不會令人失望的紐帶。於是他以解開這條紐帶而了其餘生。這就是海明威、奧爾丁頓和其他作家成為把當代問題的波浪從自己的周圍迅速傳播出去的世界聞名作家的原因，而福克納——無可爭辯地是個民族的、或甚至是個區域性的藝術家——他慢慢地、艱苦地向異化的世界顯示他與這個世界的密切關係，顯示人性基礎的重要性，從而使自己成為一個全球性的作家。」（外國文學研究資料叢刊《福克納評論集》）

托馬斯．沃爾夫所覺悟到的正是福克納實踐著的。沃爾夫記錄了他的真實的故鄉，而福克納卻在他真實故鄉的基礎上創造了一個比他的真實故鄉更豐富、博大的文學故鄉。福克納營造他的文學故鄉時使用了全世界的材料，其中最重要的材料當然是他的思想——他的時空觀、道德觀，是他的文學宮殿的兩根支柱。這些東西，也許是他在學習飛行的學校裡獲得的，也許是他在旅館裡的澡盆裡悟到的。

福克納是我們的——起碼是我的——光輝的榜樣，他為我們提供了成功的經驗，但也為我們設置了陷阱。你不可能超越福克納達到的高度，你只能在他的山峰旁另外建造一座山峰。福克納也是馬奎斯的精神導師，馬奎斯學了福克納的方法，建起了自己的故鄉，但支撐他的宮殿的支柱是孤獨。我們不可能另外發現一種別的方法，唯一可做的是——學習馬奎斯——發現自己的精神支柱。

故鄉的經歷、故鄉的風景、故鄉的傳說，是任何一個作家都難以逃脫的夢境，但要將這夢境變成小說，必須賦予這夢境以思想，這思想水平的高低，決定了你將達到的高度，這裡沒有進步、落後之分，只有膚淺和深刻的區別。對故鄉的超越首先是思想的超越，或者說是哲學的超越，這束哲學的靈光，不知將照耀到哪顆幸運的頭顱上，我與我的同行們在一樣努力地祈禱著、企盼著成為幸運的頭顱。

國家圖書館出版品預行編目資料

會唱歌的牆 / 莫言著.-- 二版. -- 臺北市 : 麥田, 城邦文化出版 : 家庭傳媒城邦分公司發行, 2013.02
面； 公分. -- (莫言作品集 ; 15)

ISBN 978-986-173-866-6(平裝)

855 101026579

莫言作品集 15

# 會唱歌的牆

作　　者　莫言
責任編輯　林秀梅　莊文松

副總編輯　林秀梅
編輯總監　劉麗真
總 經 理　陳逸瑛
發 行 人　涂玉雲

出　　版　麥田出版
城邦文化事業股份有限公司
104臺北市中山區民生東路二段141號5樓
電話：（886）2-2500-7696　傳真：（886）2-2500-1966、2500-1967
麥田部落格：http://blog.pixnet.net/ryefield
發　　行　英屬蓋曼群島商家庭傳媒股份有限公司城邦分公司
104臺北市中山區民生東路二段141號11樓
書虫客服服務專線：(886)2-2500-7718；2500-7719
24小時傳真服務：(886)2-2500-1990；2500-1991
服務時間：週一至週五09:30-12:00；13:30-17:00
郵撥帳號：19863813　戶名：書虫股份有限公司
讀者服務信箱E-mail：service@readingclub.com.tw
歡迎光臨城邦讀書花園　網址：www.cite.com.tw

香港發行所　城邦（香港）出版集團有限公司
香港灣仔駱克道193號東超商業中心1樓
電話：(852)2508-6231　傳真：(852)2578-9337
E-mail：hkcite@biznetvigator.com

馬新發行所　城邦(馬新)出版集團【Cite(M)Sdn. Bhd】
41, Jalan Radin Anum, Bandar Baru Sri Petaling,
57000 Kuala Lumpur, Malaysia.
電話：(603)9057-8800　傳真：(603)9057-6622
E-mail:cite@cite.com.my

封面設計　霧室設計工作室
排　　版　宸遠排版有限公司
印　　刷　前進彩藝有限公司

初版一刷　2000年5月1日
二版一刷　2013年2月1日

定價／260元
ISBN：978-986-173-866-6


城邦讀書花園
www.cite.com.tw